夜の果てへ

野澤協全詩集

法政大學出版局

1949年頃

浦和高等學校文藝部（武原寮西一寮 1946 年）
野澤協・井上芳夫（後列左から三人目と五人目）
出口裕弘（中列左から四人目）
中原勝儼（前列中央）

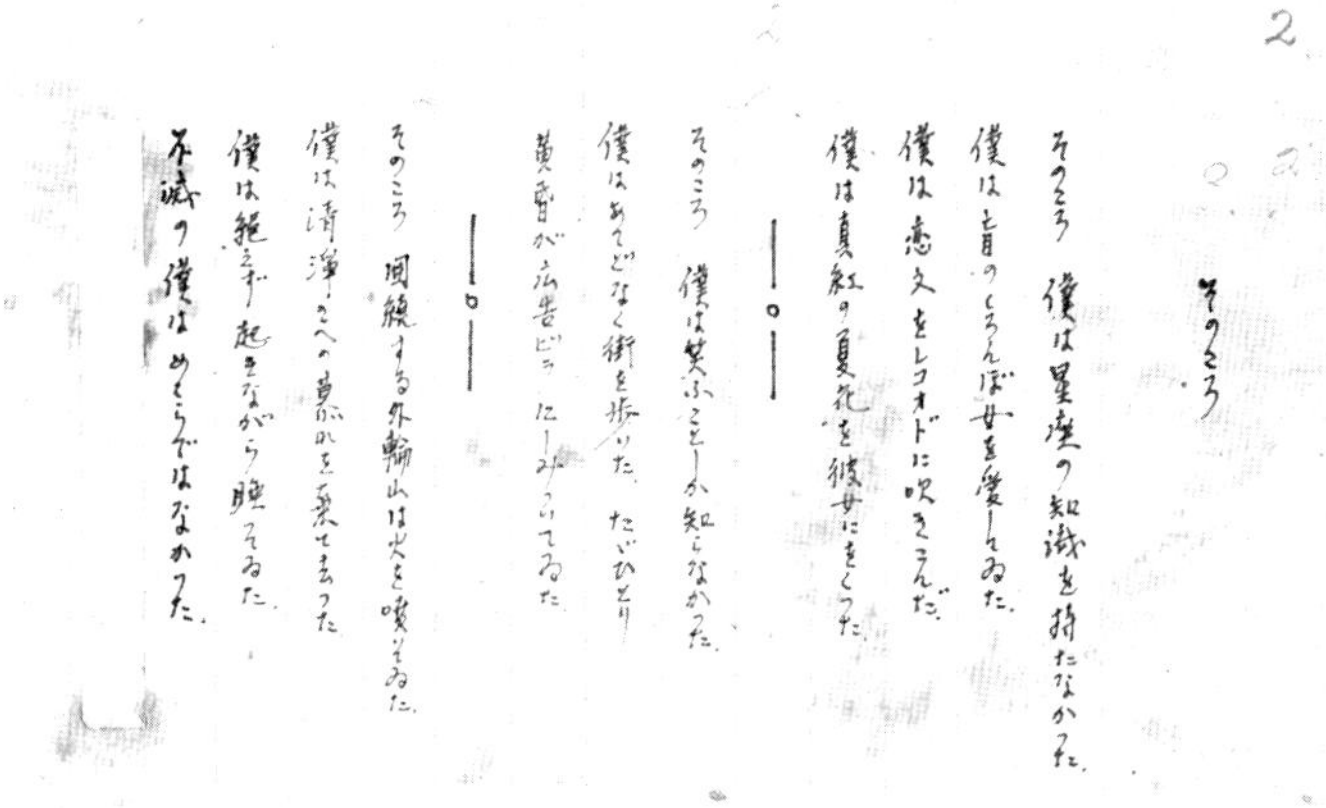

2

そのころ

そのころ　僕は星座の知識を持たなかつた。
僕は盲のくろんぼ女を愛してゐた。
僕は慈父をレコオドに吹きこんだ。
僕は真紅の夏花を彼女におくつた

—○—

そのころ　僕は笑ふことしか知らなかつた。
僕はあてどなく街を歩いた　たゞひとり
黄昏が広告ビラにしみついてゐた

—○—

そのころ　回旋する外輪山は火を噴いてゐた。
僕は清淨さへの憧れを棄てしまつた
僕は絶えず起きながら睡てゐた。
不識の僕はめくらではなかつた。

「そのころ」（本書六頁）

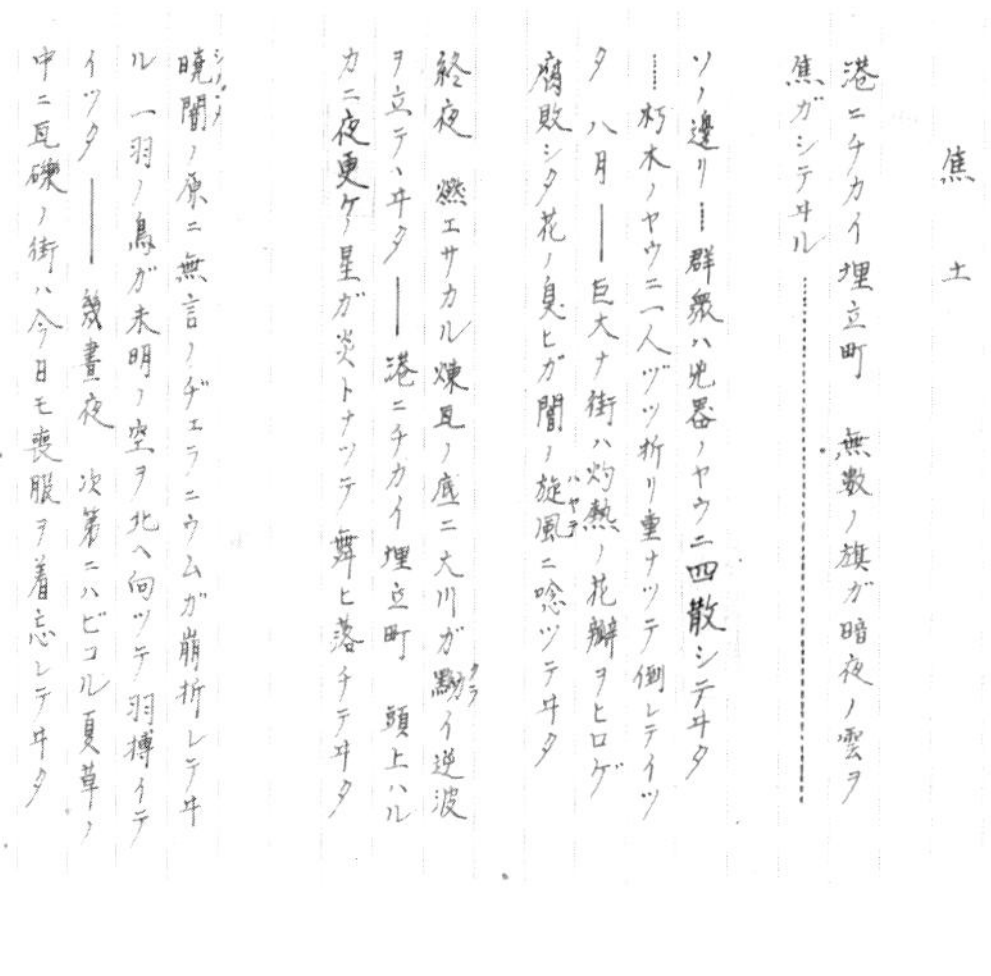

焦土

港ニチカイ埋立町　無数ノ旗ガ暗夜ノ雲ヲ
焦ガシテヰル……
ソノ邊リ……群衆ハ兇器ノヤウニ四散シテヰタ
……朽木ノヤウニ一人ヅツ折リ重ナツテ倒レテイツ
タ　八月——巨大ナ街ハ灼熱ノ花瓣ヲヒロゲ
腐敗シタ花ノ臭ヒガ闇ノ旋風《ハヤテ》ニ唸ツテヰタ
終夜　燃エサカル煉瓦ノ底ニ大川ガ昏《クラ》イ逆波
ヲ立テヽヰタ——港ニチカイ埋立町　頭上ハル
カニ夜更ケ星ガ炎トナツテ舞ヒ落チテヰタ
曉闇《シノノメ》ノ原ニ無言ノヂエラニウムガ崩折レテヰ
ル一羽ノ鳥ガ未明ノ空ヲ北ヘ向ツテ羽搏イテ
イツタ——幾晝夜　次第ニハビコル夏草ノ
中ニ瓦礫ノ街ハ今日モ喪服ヲ着忘レテヰタ

「焦土」（本書二一五頁）

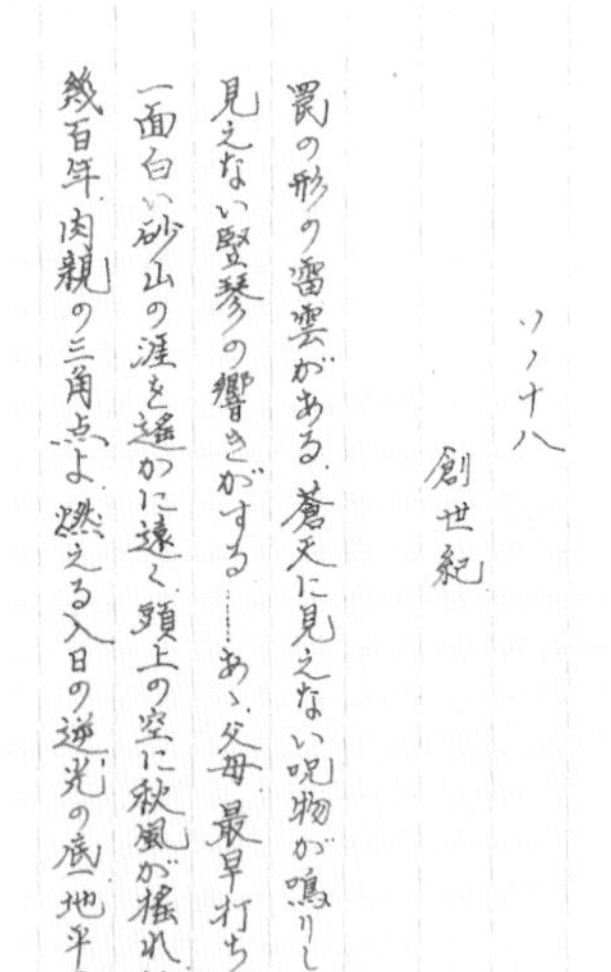

ソノ十八

創世紀

罠の形の雷雲がある．蒼天に見えない呪物が鳴りしきつてゐる．罠の形の落日がある．残照に見えない竪琴の響きがする……あゝ，父母．最早打ち合ふこともないだらう．夕暮れは親子三人一面白い砂山の涯を遥かに遠く．頭上の空に秋風が搖れ静かに涙をひた堪へながら聽く黄昏．幾百年．肉親の三角点よ．燃える入日の逆光の底．地平の際を一列の黯い隊商が沈んでいつた．

「創世紀」（本書二九六頁）の自筆詩稿

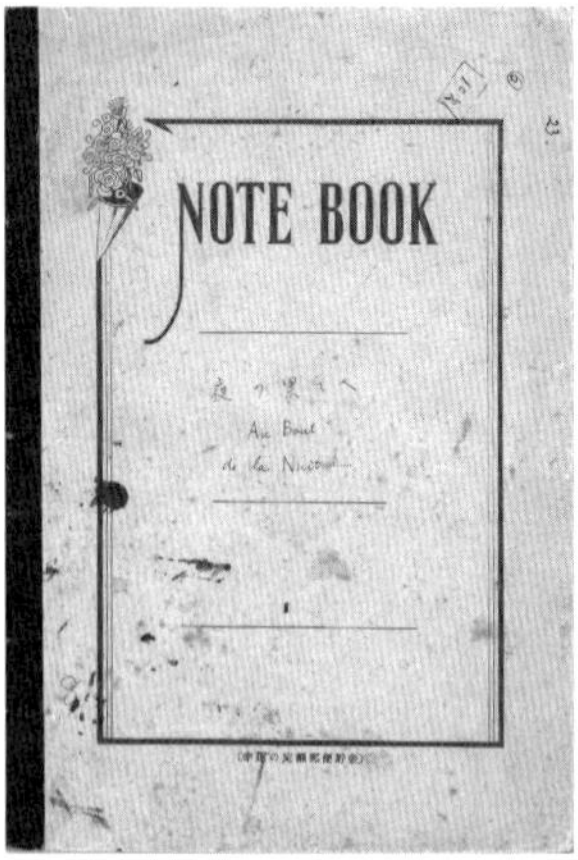

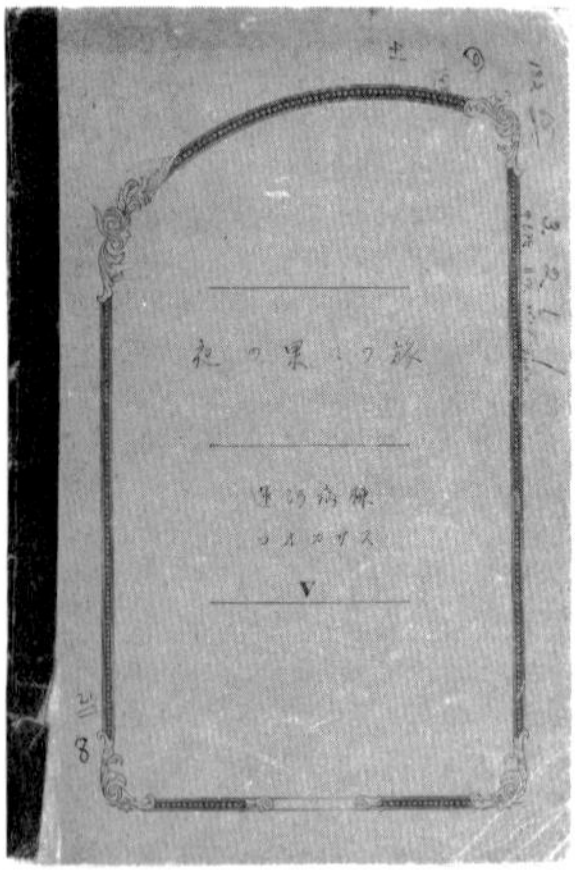

『夜の果てへ』（上）と『夜の果ての旅』（下）の表紙

夜の果てへ　目次

夜の果てへ

野澤協全詩集

夜の果てへ

Au Bout
de la Nuit…

I

Monsieur（旦那サマ）

Dame（奥サマ）

Mademoiselle（オ嬢サマ）

ニ捧グ

「不滅のぼくは盲目ではなかつた」

ポオル・エリュアル

夏

水脈は西の海面へ消えていつた。
丘には罌粟の花が咲いてゐた。
僕は愛國主義を輕蔑した。
夏が來た。

死——櫛——翼
僕はガラスの中の俘囚となつた。

僕は夜も眼覺めてゐた。
僕はたえず睡つてゐた。

僕は絶望の権威を信じなかった。
僕は音もなく街を歩いた。

そのころ

そのころ　僕は星座の知識を持たなかつた。
僕は盲のくろんぼ女を愛してゐた。
僕は戀文をレコオドに吹きこんだ。
僕は眞紅の夏花を彼女におくつた。

——。——

そのころ　僕は笑ふことしか知らなかつた。
僕はあてどなく街を歩いた。たゞひとり
黄昏が廣告ビラにしみついてゐた。

—— ◦ ——

そのころ　圍繞する外輪山は火を噴いてゐた。
僕は清浄さへの慕れを棄て去つた。
僕は絶えず起きながら睡つてゐた。
不滅の僕はめくらではなかつた。

大輪の花

火山はかすかな噴煙をあげてゐた。
山腹には　白い別莊がたち並び
頂き近くまで鋪裝した自轉車道路がうねつてゐた
道のはたには掌だいの名もない赤い花が咲いてゐた。
夕暮がくると幼い子供達は庭へ出て
手をつなぎ　賑かなロンドを踊るのだつた。
みんな　自分の美しいのを知らないので
黄昏の空に　もつと美しい國を夢見てゐた。
僕が最後に旅裝を解いたのはこの町だつた。
僕はすぐさま　兩手に可愛い手のひらを握りしめ

無邪氣な踊りの　仲間入りをした。
幸せめいたいく週間
けれど秋のくるのは早かつた
山は煙を増し　高原の木の葉は一夜の嵐で散りはてた
みんな　一人殘らず都へ歸り
さうして　遠い子供達に最後の祝福を與へるために
ある夜　僕は萎れた大輪の花を胸にさし
たゞひとり　つめたい湖の底へ消えていつた。

祝祭

暖爐には火が消えてゐた　僕は想ひ出を持たなかつた　僕は待つた。窓の外でははてしない霖雨《ナガ》が降り續いてゐた

正午過ぎ　警鐘がけたゝましく鳴り響いた。運河の堤防が決壊したのだ。濁水が音もなく街々を呑みはじめた――人聲はやがて絶えた。塵埃と腐肉の臭ひが徐々に巷を色どつてゆく――僕は待つた。片頬に笑ひを浮べながら

その夜　シャガアルの繪のやうな黒いマントを風になびかせ　僕は廢滅の家並のうへを翔けめぐつた。暗い汚水の渦

巻きを　僕はひたすらに美しいものと信じてゐた。涸渇した人間愛の最後の祝祭に　僕は限りなく狂喜してゐた。

入水

僕等は港へやつてきた
二人とも黒い着物をつけてゐた
「なんにでも汐時はあるものさ」僕はそんなことを考へてゐた。

夜更けの波止場には人影は見えなかつた
油の臭ひがたゞよつてゐた。

夜半すぎ　風が止んだ
海鳴りにまじつて　夜鳥の叫びが聞えてきた
僕等はそれを　幻聴とは思はなかつた。

突堤のつきまで歩いていつた
河口は黝々とはてしない渦を巻いてゐた
二人とも　敗滅の美しさは信じなかつた。
さて　靴を脱ぎながら　僕は彼女に聲をかけた
「あした　映畫へいかないか」

テエゼ

蕁麻《イラクサ》を日に五本づゝ食べること

エディプスを崇拝すること

ガラスペンで陰毛を一本々々抜き取ること

夜明け

最後の愛撫が絶望をもたらした
お前はなにも言はなかつた
お前はだまつて微笑つてゐた
僕は生きることを願はない
僕等は生きることは願はなかつた
夜明け　疲れた僕等は　わけもなく慰め合ふより術はなかつた。

傷いた二人の心から　青い鳥が大空へ羽搏いた。

フィナーレ

みんな一つ殘らず消えていつた。
――とほい戀
――とほい悔恨
――とほい思ひ出
絶望さへも　殘つてはゐなかつた
二十年　夕暮が家々を赤く染めてゐた。

僕は手荒に鎧戸をしめ
慄へる指で　その上に　贋のイニシャルを刻みこんだ。

Madame, c'est à quoi bon ?

（マダム　みんな空しいことばかり）

緑のグラスでウイスキィを飲むこと
皮下注射のアンプルを常用すること
とめどない倦怠の歌をうたふこと
よごれた原稿を風にまき散らすこと
……………………
信天翁に白ソオスをかけること

日附變更線通過

信天翁が船のまはりをめぐつてゐる　黄道は前檣桁に支へられる——日附變更線通過

僕等は遊歩甲板でアスパラガスを食べ　古新聞を一枚々々海へ投げた

午后　クレヲソオトの臭ふ船内プウルで僕等は海豹《アザラシ》のやうにダイヴィングをした。

夜明けの歌

お前の泣き蟲がはじまるのは　夜明けが罠のやうにやつてくる時刻　僕が年
　かずを算へ出すのが　メトロの響きの聞えてくる頃
ともしびが消えてゆく　ほの白い僕等の窓邊で今日の一日が喊《トキ》の聲をあげる
　——アニエス　二人ともあんまり臆病すぎるんだ
窓掛けを引いて朝の光をかくさうとする——むなしいこと——忘れた愛情は
　歸りはしない
——ねえ　アニエス　もう慰めのお芝居はやめにしようよ

春

時計のかはりに節度計《メトロノーム》を柱へ掛ける
くすんだドレスに緑のボタンを縫ひつける

文反古を風に流さう
星條旗を出して窓掛けを飾るのだ

アニエスよ　春が木馬に乗つてやつてくる
空に浮かんだお前の乳房に
　五色の複葉機が消えてゆく

――《アニエス　お前　今年は何をするつもり

――《ポオル　あたし　統計學を勉強したいの

出發

僕等は生ける骨灰を愛さない　僕等は生ける墓碑銘を願ひはしない
　二月十七日――鏡のない夜――輝く空
時間の眩暈を祝福しよう　當てもなく負ける賭けなら後ろを向くな
暗い鐵路に肉塊を投げすてる　白い手袋を投げすてる　一切を――
　僕等の黑い血汐から　不滅のあだ花が花を咲かせる

花

小雨ふるモンマルトルを僕はかうもりをさして歩いてゐた――ルネ・クレエル作「巴里の屋根の下」

經濟九原則を敏速且つ確實に實行する――新首相就任演説

罌粟の實から佝僂病の特效藥を發明しました――近着誌より、マダム・キュリイ談

絶望の海

絶望の海には朝もない　夕ぐれもない
絶望の海には響きもない　波も立たない
絶望の海は満ち干をしない　死のやうに。
僕等は磯で漁りをする
藻をひろふ
貝をむく
絶望の海には人影もない
僕等の歎きは大空へは届かない

無言歌

お前の愛は　ものを言はない
お前の悲しみは　ものを言はない
お前の絶望は　ものを言はない　お前のやうに
お前は動かない
風笛の音が空を流れる
アニエスよ　お前の瞳のともしびを消せ
お前の髪で　空に沈黙の網をひけ
お前と僕と　僕等は何もねがひはしない

壯年

錫泥なき鏡　燃える石炭を愛する僕の壯年　消えゆく煙

僕はもろ〳〵の動物植物を崇拜する　崇拜する　すうはいする

リイジェント街一〇七番地　絕望のメカニズム＋僕の夜曲＝お前の乳房

デヴィスカツプを獲得する結核の印象派的治療　ロマネスクな挽歌について

道化師の朝の歌

モオリス・ラヴェルに

僕が悲しいフルウトを吹いたのに
君等は歌つてはくれなかつた
君等は泣いてはくれなかつた
僕が陽氣なヴィオロンを弾いたのに
君等は踊つてはくれなかつた
君等は愛し合つてはくれなかつた
僕の樂の音は君等へは屆かなかつた——
枯れた白薔薇を胸からすてる
僕の老境の淡い陰影——

おろかな僕は裏も表も知らないので
倦きもせず歎きの水に漣を立てゝゐた。

內海の夜

僕は未來を捨て去ることが出來たのに
遠い昔を斷ち切ることは出來なかつた
僕の心に暗い物蔭がしのび寄つたとき
僕は乗船切符を海へなげた
手帳も投げた
手袋も投げた——
夜更けの內海に僕はすべてを見失つた
波のおと　夜光蟲のみ　蒼い航跡をひいてゐた
旅をする……行くはてもなく——

帆綱にもたれ
その夜の僕は　たゞ死ぬことをしか願はなかつた

秋

鏡のなかの　僕の眸
鏡のなかの　僕の眸を見る僕の眸を見る僕の眸
——無表情な
鏡のなかで　お前は何ものをも言はない
鏡のなかでお前は立つ
お前は　坐る
お前は　まはる——音もなく

しほたれた道化の衣裳
アニエスよ　秋が僕等の心に傷をつけた。

倦怠（春について）

入水口から泥水を吸ひ
出水口から芥《アクタ》のまじつた泡をふく　この貝の生理を君等は知らない
この貝には殼もない
膜もない
鰓もない
汐が満ちると水管をのばし
干汐《ヒキ》には管《クダ》を縮める　ものを吐く　君等はこの貝を理解できない
この貝は　ことさら遠近法に逆ふので　君等の悩みはこの貝にはかゝはり
がない

朝

顔もなく　手もなく　脚もなく
胴には水草が搦みつき　全身（？）灰色に變色してゐる
干汐《ヒキ》にとり殘された二つの死體はずつしりと半ば泥水にのめり込み
泡を立て　腐臭を發し　木切れ　藁屑に埋《ウヅモ》れてゐる――
――《駄目なのだ　あゝ　何もかも駄目なのだ――みんな消え去つてしま
　ふのだ
朝は冷い
重なり合つた僕等の死骸（抱擁の眞似事？）は海鳥の注目をすら惹かなか

つた
みんな餘りに困憊した儘　自分の肉體の悲しみをこらへ
暗い砂濱を　思ひおもひに　罠の形に飛翔してゐた。

二人

二つの鏡を兩面對に向つて立てる――
鏡のなかには鏡がうつる　鏡のなかの鏡のなかには鏡がうつる
鏡のなかの鏡のなかの鏡と　鏡とのあひだには
時間もない
空間もない　なにもない
――僕等はどこにも存在しない
無限の映像がよし裏返しでも構はない
逆の眞實　僕等はそれだけを願ふのだから

未知の人——エピロオグにかへて——

こゝに眠るはジャン・バチストの遺靈なり　彼は自ら命を斷ちし罪人《ツミ》なりき

彼は無名の詩人にして　又屑物商を業とせり

故人語ることげに少なければ　その閲歴も知るところならず　但生前死を計ること十一回　記したる遺書五指に餘ると　又晩年いち黒人女性と同棲せしことあるとのみ

彼のかゝる死の由縁を我等知らず　その遺書も多く示すところ無し

一九二五年十二月九日　彼の屍體《シカバネ》はポン・ヌウフ陸橋下にて通行人により發見される　享年二十六　解剖により屍體《シタイ》は過量の酔眠劑及び比痲子油を嚥下せるものと判明せり　遺書一通　宛名なし

死體は引取人なければ此の地（クリシイ共同墓地七二三區）に同年同月十四日より三十年間に限り假埋葬す（遺稿數十篇は死體と共に燒く）十字架は故人の意志により　これを用ひず

道行く人よ　願はくば彼のために一言の路傍の祈りあらむことを――

（パリ市營クリシイ共同墓地
告知板係）

ムツシュウ（旦那さま）
マダム（奥さま）
マドモワゼル（お嬢さま）
　幕が下ります
——いゝえ　拍手の御念には及びません

夜の果てへ

（をさむるところ）

夏　そのころ　大輪の花　祝祭　入水
テエゼ　夜明け　フィナーレ　Madame, c'est à quoi bon ?
日附變更線通過　夜明けの歌　春　出發
花　絶望の海　無言歌　壯年
道化師の朝の歌　內海の夜　秋　倦怠
朝　二人　未知の人

ロマネスクな挽歌

II

Monsieur（旦那サマ）

Dame（奥サマ）

Mademoiselle（オ孃サマ）

ニサヽグ

うつそみは長き旅路ぞ
冬の旅　夜行く旅ぞ
果て遠き　無明の空を
我等みな　ゆく路を探し求むる
（フランス古歌）

滅びゆく身に
せめてロマネスクな挽歌を捧ぐ

旅のこゝろ——序にかへて

山の向ふにも　野があり　村があり　町があり　海の果てにも　おなじ退屈な
　世の中があり
朝があり　晝があり　夕暮れがあり　夜があり　止めどない生活の流れがある

遠い異國を思ふこゝろ　そして居ながらに旅の虚しさを知つてゐる僕等——

——冬がくる
けふも暗澹と空は低く　僕等の肩には氷雨が降り　砂が舞ふ
虚像の美しさを忘れた僕等は　毎夜　くらい巷の人混みに　消えてゆくほか術《すべ》
　はないのだ

愛の歌

絶望の磯邊に咲いた僕等の戀　おなじ木株に生ひ立つた二つの花
二つの花は季節を知らない——
絶え間なく波打ち返す砂濱で
雌花は花瓣をあけて待ち
雄花は空に金色《コンジキ》の粉《コ》を撒きちらし
時ならず咲き　時ならず散る　この花は季節を知らない

この花は實らないといふ　虚しい仇花であるといふ
アニエスよ　あゝ　それでよいのだ

落花

鍵盤のうへに花片が舞ふ
五線紙のうへに花片が舞ふ
花片が舞ふ
花片が舞ふ　はてしなく――
お前の指先は動かない　音を立てない
鏡のなかで　お前は靜かに僕を見つめる

午后一時
無限の落花が　ロマネスクな挽歌を窒息させた

朝

——拋棄する
——祝福する
——媚態をとる
暗い眼窩に鹽水を流し
　　　　鋭利な刃物で朽ちた頭蓋を切斷する
　　淫猥な物理の魅惑
靜謐な年月は歸らない

無限の轉位——
浮遊する卵黄の抽象派的把握について

夜明け

蠍座は二つに折れ曲り　とほい水平線に消えていつた
最後の星のあはい光を呑み込んだとき
疲れた海は瞬時汐鳴りの聲を默した
――夜明けの困憊
引汐の砂濱からは暗い藻の臭ひが漂つて　しほたれた夜着を浸し
その日もお前の面差しを冷い灰色にいろどつてゐた

海暮れる

暗い生命《イノチ》の躍動するやうに　太洋が岩をのり越え　巨大な水しぶきを上げて
　ゐた
砕けた波は右へ走り左へ去り　峨峨たる絶壁を侵蝕してゐた
沖合ひには漁船もなく　たゞ赤黒い焔のやうに燃え立つてゐた
――今日もまた海が暮れる　疲れた僕等の身内にも重い絶望がうねりを上げ
　崩れ去り
髪を濡らし　手足を濡らし　無人の磯に僕等は水草のやうに濡れそびれた

河口望見

巨大な大河の水量が　河口の水を褐色にそめ　暗い波紋を描いてゐた
初冬の海洋は激浪をあげ　外縁の逆巻く波は　白い弧状の帯をひいてゐた
――薄暮　涯しない空の重壓　太古の土地の鳴動するやうに　怒濤の帶は
崩れ去り　汐鳴りを呼び
そのあたり　いちめん海鳥が憑かれたやうに羽搏いては　荒磯に無言の掌
　の形を描き出した

滅亡

ひねもす氷原は白い北風が吹き荒れてゐた　暗雲は凍りついたまゝ動かなかつた
雪片は空を舞ひ　無限の大渦を描いてゐた
みんな冷い感情を抱いては　美しいものと悲しいものとを取り違へてゐた
――ひとりづつ死に絶えていつた
樹氷はやがて微かな響きを上げて砕け散り　無人の原にあはい七色の光りを投げた

長雨

僕等は話した　南の海の蒼い絨緞と空を流れる白檀の香りについて
僕等は話した　遠い氷原の吹雪について　また奇怪な傳説の附きまとふ極
　地の馴鹿の話をした
僕等は話した　極彩色の魚《ウヲ》のこと　寒濕地帯《ツンドラ》の花について——
僕等はその都度　赤いインクで世界全圖に印しをつけた

一夜　赤い符號が七つの海を押しかくし
その時　僕等の虛しい夢のみが　暗い長雨の空に羽搏いて　行方も知らず
　翔け去つていつた

霧

菜園をこえ　林檎畑をこえ　僕等の葬列は蜿蜿とつらなつてゐた
丘をのぼり　谷間へおり　僕等の葬列はいつ果てるとも知らなかつた
僕等は歩いた　歩いてゐた　灰色の空からは　雨が降り　雪が舞ひ　時には
　凛烈な霙が散つた

――いく十日　荒天を僕等はあてもなくさ迷ひ續けた

そして　その日も霧が深かつた
暗い黄昏の襲撃した時　人々は無言の漕役囚となつて海へ消えた

生きる

野分の風の立ちそめる頃　死を願ひ
春雷が轟きを上げるころ　生きようと思ふ
潮《ウシホ》のやうに　暗い想念《オモヒ》が　僕等の絶望の濱邊をぬらし
冬は滿ち
夏は靜かに沖へ去る

――生きてゆく……
歎きの花は眩《クルメ》くやうな色を褪せ
向き合ひながら僕等の想念《オモヒ》は年年老いの皺を刻んでゆく

話し

お前は話した　愛情について
お前は話した　別れについて
寄り添つてお前は話した　死について　かすかな微笑《ホヽエミ》を見せながら
お前は話した　言葉少なに　すべてのことを

人工の月が街角をてらし　冷い夜明けが近づいてゐた
けれど　お前は言はうとはしなかつた　二人の肉體の悲しみだけは
アニエスよ　そのことが　ひどく僕等を絶望的にしたのだが

雪

雪がふる　甃のうへ　街の空を……
雪がふる　巷のうへ　昏い坂道を……
雪がふる——無言の僕等は動かうともしない
今宵も　降りしきる雪に追憶《オモヒデ》をうづめ
白銀の歎きを空へ撒かう
アニエスよ　お前の髪にも胸元にも　雪がふり　雪が降りつむ
くらい瞳に蒼い燐光をかゞやかせながら

願ひ

ミモザの花をつめたい自分の枕邊に飾り　殘つた命をせめて美しく生きたい
　といふ　お前の願ひ
たゞそれだけ　死ぬときは人間らしく死にたいとお前は云ふ
——病みつかれたお前の洩らす夜毎のくりごと……

影

病んだ二つの胸からは　へう〳〵と秋風が鋭い叫びをあげてゐたのに……

アニエスよ　その夜も霧が深かつた
夜半の鐘が重い響きをくゆらせた時　僕等はもはや語る力も持たなかつた
消えた暖爐に手をかざして　石のやうに僕等はかたく押し默つてゐた

——あのとき　お前は何を考へてゐたのであらう　僕等は何を考へてゐたの
　であらう
僕等の血の氣ない額から
呆けたやうな白い時間が　冷えきつた部屋を漂ひ　しづかに垂れこめた窓掛

けを濡らしてゐたのに

——アニエス　その夜も奇蹟は來なかつた

その夜の果てを　僕はほとんど覺えてはゐないのだ
たゞひとつ……それだけが幻視のやうに……
疲れた僕等が　震へる指にセント・エルモの火をともし　霧深い夜明けの街
　によろけつゝ呑まれていつたことだけを

歸り

僕には僕の會ひかたがあり　僕には僕の別れかたがある　それなのに……
午前四時　矢鱈に慣れない煙草を喫かすのも　無駄なポオズに過ぎないのか
車內燈を消して　僕の車は　郊外へ全速力で逃れてゆく

炭場《タンバ》の一日

林立する櫓の結構が　褐色な空の重荷を堪へてゐた
その中に一際高く　銹びた鐵塔の聳えてゐるあたり
四本の腕が休みなくモオタアの唸りをあげ　重い炭塊を上げおろし空を運んだ
終日　西の强風が渦を巻き　白木の櫓もクレエンも　絶え間ない砂塵の波に洗はれて
積みこぼされた炭粒は　冬枯れの土に斑《マダラ》をかき　忽ち吹きまくる黃砂の層に呑まれていつた

砂塵

海邊の空を　砂塵は怪《ケ》鳥のやうに翔けめぐつた
狂亂の翼は飄飄と大渦を巻き　林を鳴らし　小枝は炸裂して空を舞つた
落日が洋上に消えた時　砂塵の中から　海は小山のやうなうねりを上げ　暗礁
　は轟然と響きを立てた
夕凪ぎ前　禍《マガ》時の海　陸風は一きは吹き募り　岬一帯　濛濛と赤黝い焔となつ
　て　燃えさかつてゐた

絶望の鏡

絶望の鏡にうつる僕等の世界——何ひとつ欲けてはゐない
鏡のなかにも　朝があり　晝があり　夕ぐれがあり
ひねもす　巷の空には　浮雲がゆき
僕等は靜かに　愛し合つてゐる

絶望の鏡は　遠近法を亂しはしない
たゞ僕等が泣いても微笑つても　僕等の世界は答へてはくれないのだが

沙漠の二人

沙漠のなかの二つのオアシス……
遙かな二點を支へるものは何もない
二點は互に引き合はうとする　二點は互に見ることは出來ない
——月日が廻り……それぐ〵砂に埋れてゆく——

夕暮れ毎に　二人は聲を限りと呼び交す
やがて　幽暗の地平から　二人の名前が木靈となつて歸つてくる

港

アメリカ領事館の圓屋根《ドオム》に近く　棕梠の葉は神話のやうに空を靑んだ
そのあたり　銃聲に驚いて　鳩は紙片の雪のやうに空に散つた
午后一時　港の見える僕等の部屋　飴色のお前の生毛《ウブ》　生毛の謎《パズル》……睡つてゐる
銃劒を負つた水兵は　鉛白の運送船から吐き出され　輕い砂埃を上げながら
アスファルトの街に見えなくなつた

敗れた人

火箭が闇黒の空を貫《ヌ》き　轟轟と大連行旅客列車が砂塵を嚙んだ
夜更けの停車場《バ》　通過する列車の灯《ヒ》のなかに　お前の頰の傷痕が一瞬ひどく
　可憐に歪んで見えた

信號燈が廻る　音もなく
自働轉轍機は銹びついたまゝ　とり殘されて
暗夜をついて南へ行く　敗れた民
そして　大陸の夜光を放つレエルの上に　枯れた死灰を撒き捨てようといふ
　お前の願ひ……

……またひとつ　暁《あかつき》までの虚しい感傷

街

第三帝國のアド・ヴァルウンの下で　爆裂するメリイ・ゴオ・ラウンド　破
　片は片々と空を舞ひ　昨日の夢は黄昏と共に四散した
灰色の工場街に時ならぬサイレンの唸りが上り　血の色の旗を額に張つて
　革命は行進する　凱歌を歌ふ

——また戰争が始まるのね……

今日も又踊り疲れた地下劇場の夜の酒場で　白々とお前の指が　變に神經的
　に痙攣《ヒキツ》つてゐた

街　（ソノ二）

アニゼツトを舐めるミリタリズム
キルク・パイプを喫かすコンムニズム
ミモザの花を混沌の泥土に埋め　沒落の神話は歎きといふ歎きを美しく染める

今日　燦爛たるルナパアクの夜　煌めく電光のかぐはひに　お前は哄笑ふ　お前は泣く……

あした　太陽が北の空に消え　嵐が不可視の渦を巻いたとて　僕等の生命《イノチ》に何の關りがあるであらうか

空中サアカス

愛する男を愛する女を愛する男
愛する女を愛する男を愛する女
壁のやうに二人を距つ白い空間——搖れるブランコ
愛する女を愛する男は逞しい腕をさし伸し　一瞬　愛する女は　ひとおもひに
　空を飛ぶ
右から左　空を泳いで愛する男の指先に縋る——愛情の描くはかない神話……
或る夜　青いスカアトを閃めかせ　少女はその儘大空へ見えなくなつた……

夏の夜天の流れ星の光りのやうに

記憶

エナメル靴を穿いた僕等の滅亡――滅亡の渕邊に咲いた僕等の戀
戀を戀する僕とお前――お前のつけたヴァニシング・クリイム……
……………………………………………………

腰掛けが倒れ　くづれゆく紙片の花……
今宵また痙攣《ヒキツ》る顳顬をもみながら　疲れた僕等は言ふこともない――
夜更けの酒場でジャズバンドの鳴つてゐたこと　鳴つてゐたこと――鳴つてゐたこと

ムッシュウ（旦那さま）
マダム（奥さま）
マドモワゼル（お嬢さま）

御機嫌よう

謹んで絶望と死と戀の詩集をあなたに捧げます

一九四九年　聖母昇天祭の夜

ロマネスクな挽歌

（納めるところ）

旅のこゝろ、　愛の歌、　落花、　朝、　夜明け、
海暮れる、　河口望見、　滅亡、　長雨、　霧、
生きる、　話し、　雪、　願ひ、　影、　歸り、
炭場の一日、　砂塵、　絶望の鏡、　沙漠の二人、
港、　敗れた人、　街、　街（ソノ二）、　空中サアカス、
記憶

ルナパアクの花

Ⅲ

Monsieur（旦那サマ）

Dame（奥サマ）

Mademoiselle（オ嬢サマ）

ニサヽグ

またあなたのこと?
さやう　永久に
それは絶望ですよ
僕は絶望してるんです

フィリップ・スウポオ

沙漠の港

赤銅《ガネ》の龍骨が天を貫き
ドリルの火花は　灼然ととび散つてゐた
港の空は　焔のやうに燃えさかり　沙漠の疾風《カゼ》に漠たる大渦を巻いてゐた
クレエンは唸りを上げ
船腹には　赤蟻が巣をすくひ
鐵鎖を引いた人々は　休みなく苦役の重荷に拉《ヒシ》がれたまゝ
忘れ去られた月日の流れは　酷烈な熱砂を舞はせ　いつしか腹帯《フク》の間《アハヒ》に狹
　んでいつた

一日　沙漠の港が熱砂の浪に潰《ツヒ》えたとき
海峡の沖には一艘の漕役船が　黝々と無言の浮城《ウキ》のやうに横たはつてゐた

霧の濱

疲れた太洋は　重い倦怠のうねりを上げ　灰色の霧が暗い海原を包んでゐた
　潮騒は單調な響きを立てながら　靜かに沖へ退いていつた
次から次へ　幾重もの波の跡形が　描かれ　そして消えていつた
人影もない砂濱つゞき　打ち上げられた甲殼だけが　眩めく五色の彩に燃え
　立つてゐた

髮も手足も濡れそびれ　あてもなく　僕等は渚づたひに歩んでゆく　霧のあ
　はひに　僕等はやがて別れ別れとなつていつた

或る日　落日が磯を鈍《ニビ》色に染めたとき
氣がつくと　仄かな銀絲が大空を舞ひ　よろめく僕の蔭さへが　いつか老境
　　の淡い薄闇にとざされてゐた

廢墟の二人

思想が華麗な翼を失つたとき　僕等は白銀の磁針を胎内にうづめ　暗い
　もの言はぬ反逆を心にきめた　裂けた眼窠に淸冽な眞水を滿たし
　白衣《ビャクエ》をまとひ　僕等は靜かに泥土のなかを横たはつてゐた

墓穴《ハカ》もない　墓標もない　クロスもない
――絶望の權威とは何であつたか　歎きの美しさとは何であつたか……
初冬の原に　空は暗澹と垂れこめて　一夜　北風が凜烈な渦を巻いたとき
　麻痺した四肢に僕等は樹氷の花を白く咲かせた

――さりげなく掟はめぐる……　無人の原野は漠々と黄土の浪に呑まれて

ゆく
眼窠は凍り　絶えず冷徹に眼覺めたまゝ　生きながら　僕等は見る〳〵朽
ち果てゝいつた……　廢墟の夜にかの白銀の針だけが　冷い二人
の體光を　かすかに亂反射させながら

いくとせ

幾年間　明日《アス》の滅びを待ちながら
それでも　惨めに歩んできた
幾年間　唇《クチ》に歪んだ嘲笑《ワラヒ》を見せながら
それでも　愚かな戯れを續けてきた
遠い異郷を戀ひながら
旅の虛しさは知つてゐた
いく年間
生きるとは　かうする事を言ふのであつた……
そのころ　二人の視野に暗い冬空の垂れこめたまゝ

疲れたといふたゞ一言《ヒト》が
僕等の日々の悲しい合言葉となつてゐた

初夏

アメリカ煙草を日に五本喫ひ　菠薐草〔ハウレンサウ〕を播き
牝犬のジャッカルに藝を教へる
美しいものも悲しいものも　僕の視界から遠く去り
机のうへに萬年筆で　灼光のコロナを愛撫してゐる
聽てピンクの夏花を胸にさし　僕は極樂へ行くでせう
極樂では　お釋迦さまと木馬へ乘り
明るいあかるい詩のやうな　掛合漫才をすることでせう

廢墟

轟々と砂塵を上げて　壊《クヅ》れてゆく　壊れてゆく　壊れてゆく　壊れてゆく

夕暮れ
體溫表はするどい稲妻を立てながら

靑蟲

鋼鐵《カタガネ》の廻轉轆轤は　靑蟲の群を生產する　靑蟲の群を生產する
轆轤が生產する靑蟲の　階級的觀念を淸算せよ

五月の歌

バンジャマン・ペレに

赤白のダンダラ縞の衣裳をまとひ　ひよこ〳〵と道化《オドケ》たやうに歩いてゆく
一日《イチンチ》ぢゆう　唐草模様の燕尾をひろげ　交尾期の雀みたいな會釋をしてゐる
右手右足の欲けたまゝ
吻狀突起でものを言ひ
片耳のオイル・ボックスでものを聞く　…………………
《諸君　あれが感傷家ルイ・ナポレオン氏です
《安賣りされる法王樣の模造品　憐れなルイ・ナポレオン氏とは彼のことです

ルナパアクの夜

お前の頬の隈取りが時間の流れを逆廻りさせる……僕等の胸の傷痕は飄々とするどい木枯しを捲いてゐる――

けふもやつて來たルナパアクの夜……いくたびか疲れを押して一乘り幾らの遊動木馬に十分づつの生命《イノチ》を賭け――次ぎつぎとくらい零落の輝きを欲けたグラスに映し見ながら…………すでに夜半
アニエスよ　空には初冬の風が唸りを上げ　燦然と花火の星が　砕けては流れるやうに散つてゆくまゝ……

處女地

クラン組織の崩壊が　自由競争を助長せしめる
雁來紅の開花期が　民族祝日を決定する

罌粟花

僕とお前の等差級數的概念形式
防音装置の襟巻きを着けてゐる

僕とお前の等比級數的觀念構成
黝《クラ》い鐵路《レエル》に白薔薇を撒いてゐる

ウラよ　Remember！
露西亞舞踏《ロシヤンバレエ》と地曳網とは姉妹《キヤウダイ》中の姉妹です

悩みについて

萎れた罌粟花を胸に挿し　ひごと夜ごと欹けたグラスでアニゼツトを飲んでゐる
——悩みとは尖端的な一種の獵奇に過ぎないやうです

夜・出發

手帳を抱いて　街をゆき……
矢車草をさして　海へ出る……
紙片も　枯れた花束も　波止場の暗流へ投げすてる――水草のやうに

上汐・空のトランク

人氣ない砂濱にうち上げられた……
どさりと渚の泥にのめり込み　木切れ水草に埋もれてゐる
皮革《カハ》は鹽水に荒らされて　穢れた灰色に變色し
いちめん　無數の貼札《ラベル》に覆はれたまゝ　しだいに上汐にのまれてゆく

その邊り　累々と綱や破片がうづたかく
遙かに　嵐のあとの入海は　白い波頭《ナミ》を立てゝゐる

上汐に磯の砂地は泡立ちたぎり……
――その朝　疲れた海鳥は聞いたのだつた

破れた空《カラ》の旅行鞄《トランク》に　遠い太洋の激浪が　どう〳〵と黝《クラ》い轟きを上げてゐるの
を

情炎

閃一閃　斜陽のあげる金色《コン》のプロミネンセス……夕の濱を花粉のやうに飛び
　散つてゐる
花粉のやうに眩めいてゐる
今宵　入江に近いテラスの上でミルク色の公爵夫人はしづ〳〵と檸檬の果汁
　をお吸ひになる――しづ〳〵と檸檬の果汁をお吸ひになる

舞臺

銹びたレエルが大空を貫《ヌ》き　土灰となつた煉瓦の涯に　早咲きの菜種の花が咲きかけてゐた……

月齢四日　月はいつしか砂塵《スナ》を呼び　斷層丘は刻々と枯葉の波に埋もれてゆく――

冬

眼もない　鼻もない　耳もない……のつぺら棒の淫賣が石榴のやうな口をあけ　うをお〱と吼えてゐる　灰色の空　うをお〱と吼えてゐる　灰色の雲——吼えてゐる　冬立ち曠漠と人影もない枯野原

——彼女《アイツ》はなんにも知らないのさ……あいつは何んにも知らないのさ

斷片

架設電線を切斷し　本隊は肅々と退いてゆく………夜陰をついて
鬱蒼たる夏草を踏み分けながら

曉闇　兵は盡く傷き斃れ　無援の銃坐は音もなく崩れていつた

測量

測鉛線を引つぱると　長江の渦巻く水が　遡航艦隊を呑み込んでしまふ
瞬間　音もなく崩れる白薔薇の花………白薔薇の海

時雨

手足は化石となつたまゝ　死灰に埋《ウモ》れ
眼元にも　口の端《ハタ》にも　歪んだ笑ひが滲《シ》みついてゐる
表情もない
動きもない——疲れた面……
……いつか　鏡はしづかに後へ退《スサ》り
僕と僕の影との間には　灰色の時の流れが空廻りする

某月某日——
全身　時雨に濡れそびれ　けふも僕の額には日附がなかつた

道化について

隊商はいづくともなく消えてゆき　忘れ去られた時間の涯に　私《ワタシ》は何時までも蹲つてゐた　赤白の縞の衣裳を襤褸《ランル》のやうに身に裳ひ　私は最早立ち上る術もなかつた　手足は痺れ　喉は涸れ　掠《カス》れた唸《ウメ》きを上げながら　熱砂のなかに埋もれてゐた……沙漠には吹き立つ風もなく　その日も　太陽《ヒ》は烈々と地平を焦《ヤ》いた——

あてもなく　痲痺した両手を動かしてゐた　虚しい私の身悶えが　疲れた心臓《ムネ》を擦り減らしてゆく物音に　私はじつと聞き耳を立てゝゐた……歪んだ薄笑ひを見せながら——いく時間　太陽《ヒ》は中央から西へ傾き　やがて夕暮れが近づいてゐた………

薄暮……斷末鬼〔ママ〕の刻《トキ》――それなのに　私は餘りにも眼覺めてゐた　半ば埋もれ　裂けた衣裳を身につけたまゝ幽暗の地平を見渡してゐた私《ワタクシ》がふと眼を轉ずると……死骸《ムクロ》はいつか蔭を呼び　その邊り　痲痺した指先の描いたらしい　意味ない文字の跡形が　點々と　黝《クラ》い黄昏の尾をひいてゐた……砂地に書いたうつろな文字の連りを　冷徹に私は讀んだ――讀みつゞけた　重い倦怠の大波が　私の五體にうねりを上げ　ひた〳〵と破船のやうに　呑まれてゆくのを意識しながら

地

とほい記憶の斷層に　濛々と渦卷く煙
　　　　……灰色の煙は　街を呑む　雨雲を呑む
視界を斷ち切る平滑な壁　壁
　　　　……高壓線の　鋭い唸りを耳にしながら

岬の思ひ出

甍のごとく　白い波頭が　巖をとり巻き
鞦韆《ブランコ》のやうに搖れる　水平線に
僕等の投じた小石《イシクレ》だけが
二人の一途な想ひとなつて
きらりと　小さな沫《シブキ》を散らした事を憶えてゐる
海邊には　まだ西風が寒かつたのに
童女のむれは　素足のまゝで　荒磯を驅け
鋭い鎌を打ち振りながら　岩藻の屑を搔き取つてゐた
汀には　何か知らない　獸の骨が
砂にまみれて　白々と　朽ちてゐたのを思ひ出す……

あゝ　大方は忘れてしまつた　岬の旅
遠い河口の汐鳴りの聲だけが　幻聴なのか
あれ以來　二人の胸に　どう〳〵と重い轟きの　絶え間ないまゝ

水郷

水郷には　春のくるのが早かつたのか
渚にも　河中の洲にも
いちめんに　菜種の花が咲きそろひ
蒼々と　麥の穗波は伸び切つてゐた
麥も　菜種も　絶えがてな小雨に濡れて
きらめく花のあはひから　ずんぐりと浚渫船の煙突がのぞき
時たま　白帆が見え隱れに滑つていつた……
——大川ぞひにいく時間か
春雨はいつしか上り　濡れた河原にかすかな虹の立ち初めた頃……
僕等の汽車は　全身金色《キンイロ》に染みながら

あざやかな變針《カアヴ》を描き
水も原野も　見る〳〵うちに　うら寂びた　くらい夕景に包まれていつた

黄昏歌

雨雲には　高壓線が
高壓線には　烈風が
あたり一面　崩れてゆく巷全體《マチ》が

お前の腕が
お前の頬の體光が
そしてまた
突きつめた二人の感情が

あゝ

今宵も　血を流してゐる　血を流してゐる

夜天

上昇するレエル……下降するレエル
上下するレエルに混《マジ》つて　錯綜するラムプの明滅
——あゝ明滅する………轉換線の《律》といふもの

皆さん
もうなんにもありません
寒いんです　たゞ

〈コレハ本氣ノ言葉デハアリマセン〉

ルナパアクの花

（納めるところ）

沙漠の港　霧の濱　廢墟の二人　いくとせ
初夏　廢墟　青蟲　五月の歌
ルナパアクの夜　處女地　罌粟花
惱みについて　夜・出發　上汐・空のトランク
情炎　舞臺　冬　斷片　測量
時雨　道化について　地　岬の思ひ出
水郷　黄昏歌　夜天

断　層

Ⅳ

ムツシュウ（旦那サマ）
マダム（奥サマ）
マドモワゼル（オ嬢サマ）
ニサヽグ

かやうな夜にこそ　巧みな賭博者　僕は全神經で作られた網を空中に曳いた　さうして僕がそれを高めたときに決して影はなかつた　決して襞はなかつた　なにものも捕へられなかつた　身に沁みる風が齒軋りした　咬まれた空は低くなつた　さうして僕が戰慄すべき肉體　戀で重味のある肉體と共に落下したときに　僕の頭はその存在の理由を失つた

ポオル・エリュアル

野分の風

野分の風に　薄の枯原はいつせいに靡き
漂渺〔ママ〕と朽葉の波に埋もれてゆく
大地の婚禮はすでに終り
暮れそめた廢墟のみちを　僕等のうつろな陰だけがかすかに搖らぎ
空には　くらい雪雲が垂れこめてゐる——
冷えきつた體と體　ひしと寄り添ひ
こよひも　崩れた煉瓦の跡形を
僕等は絶えず踏み分けてゆく　踏み分けてゆく——
記憶の斷層によろめきながら……
あゝ　黃昏　二人の困憊のはるかに遠く

河口をどよもす海鳴りの聲だけが　一きはがう〳〵と重い轟きの涯しないまゝ

風車

僕等の絶望の　白い牝鶏
牝鶏のうたふ　愛情の歌

僕等の戀も絶望も　小さな風車を抱《ダ》いてゐる
から〳〵と五色の羽を轉がしてゐる
轉がしてゐる

沈む街

大地は　音もなく　海に呑まれ
僕等の歎きの奥底にも　いつも變らぬ汐鳴りの響きがあつた
巷の空には　水草がゆれ　濡れてかゞよひ
ひねもす　木枯しは　疲れた車輪を軋ませてゐた

仇花のやう　むなしい希みの　立ち枯れたまゝ
無人の街は　降り積る芥の浪に埋もれていつた

黝《クラ》い曉

波濤の重たい鳴動《ドヨ》めきが　廢墟の土を呑み去つたとき
沈みゆく　二人の褪せた胸内《ムナチ》にも　いつか……
――冷え〲と　虚ろなものが射し込めてゐた

革命

菱山修三に

鉛のやう　煤煙のこめた工場街から　蒼ざめた　顔　顔……顔　油にまみれ　眼を痙攣《ヒキツ》らせ　童兒のやうな喚聲を上げながら　一散に　四周の街へ突進してゆく　手に〳〵　木切れ　刃物を打ち振りながら　鐵塔を攀ぢ　橋梁を驅けくだり　津浪のごとく　黝《クラ》い家《ヤ》並を突き拔けてゆく
彈道となつて驅け去つてゆく
數日後　旺んな殺戮の儀式は終り　人影もない巷々に　空いちめん　どす黑い旗や幟が埋まつたとき　漂々と　凋れた死灰は烈風に舞ひ　いつか血塊は肥沃な大地と化し去つてゆく

――あゝ　世界はかうして創られるのだ……　私《ワタシ》は去らう　行つて
極北の人とならう　日がな　困憊《ツカ》れ痺れた感情に　黄昏の　冷たい戦き
を意識しながら

春

青菜は芽ぐみ
椎柴は萠え
燦爛と　洋傘は開《ア》きかけたまゝ昇天し
——無人の原にガラスの破片を投げ棄てること

日暮れの歌

僕等の絶望の　無言劇《パントマイム》も　やがて終らなければならないだらう
道化の衣裳も　附け花も　散り〴〵に　枯れてゆかねばならないだらう
ひと日　巷の屋根に　入日の光りが射し込めたとき
漂渺と　夕の鐘が鳴り渡るとき

あゝ　その時
貴方は知つて呉れるだらうか　人々よ
観客から舞臺の表は見えないにしろ　舞臺から舞臺は　絶えずまる見えである
　といふ
そのことが　餘りに嚴しい一途の眞《シン》であることを

郷愁

連絡船のクレエンに
郷愁は　涎を垂らして　ぶら下つてゐる
首吊りよ
見よ
汝の貪婪な涎から
波止場も
海も
俺の命も
どす黝く　變に汚れて染まつてゆくのを

夕暮れが　氣流と共に渦巻いてゆく――
……首吊りよ
もう　何もかも　しやうがないのさ

酸素吸入

酸素吸入が　白々と　波また波を隠したまゝ
薄れてゆく　意識の底に
音もなく　蒼い水草が揺らめいてゐた
海は　絶え間なく　うねりを上げ
飛沫を散らし
いちめん　夕陽《ヒ》の光りに輝きながら……
虚ろになつた　視野の奥がに
茫洋と　私もいつか黄昏れていつた
やがて　轟然たる列車の響きを上げながら

夜が　鋼のレエルを軋ませてくる
…………いかめしい掟のやうに

そのとき
萎ほたれた舞臺衣裳の　す枯れたやうな朱の色が
私の耳に囁いたのだ
――もう　何もかも終りなのだ　と

陰花植物

雌蕋もない　雄蕋もない　萼もない　花瓣もない　僕等の絶望の陰花植物
その樹は生ひ立ちはしないのだが　その樹は實りはしないのだが——
そして　その樹は牝鶏を持たないのだが

その既得權を信ずる僕等の日々を　朝ごとに止まる時計の歩みとお前は言ふ
のか

椿

ぽと　ぽと　ぽと
ぽと　ぽと　ぽと
ぽと　ぽと　と
雨垂れみたいな　音を聞いたが
窓を開けると　鈴なりの木の梢から
椿の花が　風にゆられて　轉がり落ちる音だつた

ぽた　ぽた　ぽた
ぽた　ぽた　ぽた
生臭い腐肉のやうに

腐つて
腐つて
爛れた花が
ぽた　ぽた　と枝から枝へ轉つては
ぐしやり　と潰《ツブ》れ
庭土に眞赤な斑をかいてゐた

それを見ながら　俺は突然考へたのだ
變なことだが
《どうも　こいつは　初經の前兆ではないだらうか
と

五月一日

氷削機ナムバア・ワン……こんな破れた廣告が赤銹びてゐる街角のへん……
鐵屑の山が回教寺《ドオム》のやうに雲を隠し　その脇に僅かに覗いた煙突からは　二
六時中　むく〳〵と　變に黄ばんだ煙の層が渦巻いてゐる　路地には動く物
影もない　煤に汚れた土塀の面に　黝々と落書きが消し忘られてゐる邊り
塵《ゴミ》燒きの饐《ス》えた臭ひが漂つてゐる

そのころ……いく十人　いく百人……顏面　手足　爪先まで烈々と血汐の色
に塗り立てられた人々が　水草のやうに困憊《ツカ》れた體を　屋上へ登り　煙突を
攀ぢ　群がり　群がり　群がつては　軈て　齒車のやうに轉がりながら　一
人づつ　奈落の底へ散つていつたのは　何時であつたか……引き裂くやうな

その叫喚《サケビ》が　潮《ウシホ》のごとく　殺戮と共に消え去つたあと——今は機械の響きもなく　胸をつく塵《チリ》の臭ひが　銹びついた日々の重みを持ち堪へてゐる
夕闇が面布《ヴエール》のやうにほぐれて來て　回教寺《ドオム》も雲も廢墟の街も　いちめんに暗い夜景に呑まれてゆく頃…………
……《ねえ　お前　こんな街角を好んで歩く僕達だつて　矢張りひとかどの浮氣女《ココツト》なんだね……》

青葉

重い吐息をつきながら　開いてゆくもの
よろ〳〵に困憊しながら　繁茂するもの……
煉瓦は欹け落ち
鐵屑があかく地を這つてゐる
——あゝ　樹木さへ疲れてゐるのだ
粉々《コナ》になつた砂礫の街よ

崩れた原形に　けふも長雨が降つてゐる
みんな　起き上る力はすでに持たない

夜明けの讚歌

惡夢と共に夜が去り
惡夢のやうに　今日のひと日が押し寄せてくる

手足は　起き上る力もなく
頸《ウナジ》は　もはや廻《メグ》らうとはしない
亂れた髮は　ばら〳〵に額を埋め
二人とも　ぐつたりと重なり合つて伸び切つてゐる

僞りの花よ
假裝の花よ

夜明けの光りが　窓掛けを染めてゆくころ……
あゝ　全身　紙屑のやうに　疲れはて
虚しいけふの生活《イトナミ》に　僕等はなす術もなく拉がれてゐる

風

わけても　原罪は　煉瓦のやうな　血を流した
おゝ　晴天にひらめいた旗よ
ひらめいた旗よ

斷　層

（をさむるところ）

野分の風　風車　沈む街　革命
春　日暮れの歌　郷愁　酸素吸入
陰花植物　椿　五月一日　青葉
夜明けの讃歌　風

夜の果ての旅

運河病棟

コオカサス

V

顱頂ちかく水の流れるたまゆらの臟腑は魚にくれてやらうよ

運河病棟

作品一番

アイシャドウの色に
しつとりと濡れてゐた　黄昏……
病室の　張出し窓の　向ふには
赤黝い　運河の水が　音もなく流れ
メスのやう　鋭利な　體溫表の　閃きが
夕暮れの　銹びた臭ひを　突き刺したとき
運河の橋に
あるいは　衰へてゆく　私の記憶の　斷層に
貨物列車が　鋼鐵の　重い響きを　搖るがせながら
……涙腺が切れて

河向ふの　町の明りは　あゝ　沒然と　見えなくなつた

作品二番

狐火のやうに　明滅しながら　消えていつた　町の灯《ヒ》
椅子に凭れて　熟睡《マドロ》んでゐる　お前の髪に
トライアングルといふ　夥しい　言葉の群が
蕁麻《イラクサ》のやうに　突き立つたまゝ
なかば鋭角に　架線の粉が　大空を切り
針先のやうな　北斗星が　かすかに　金屬的な響きを上げ
……その旅のはて……とぎ澄まされた　鉛のレエルに
くづれた二人の肉體を乘せて
汽車は　銹びついた　鐵橋をこえ　假裝した　原野をよぎり
轟然と　暗夜のヴェールを　つき拔けてゆく

作品四番

ゴム糊のやうに　べつとりと濕つてゐた　私の記憶に
切取線のごとく　點々と　傷ついてゐた　一つの斷層……
其處には
名も知らぬ　大尖塔が　鋭く砥がれた錐《ドリル》のやうに　大空を刺し
瀟洒な形に　圓いアーチが　刳り抜かれてゐる　その根元から
起伏を持たぬ　野原いちめん
遙かな　沙漠の　たゞ中に向ひ
夜々「狐の嫁入り」と　人々の云ふ　蒼黝い炎のむれが
絶えず　りん〳〵と　響きを上げて　搖らめいてゐた……
——その尖塔を出で

赤銅《アカヾネ》の　差し込み杖を　打ち振り　打ち振り
りん／＼と燃える　鬼火のむれを　消し歩いてゐた　幼年の
私の日々よ
それだけが　取りとめもない　無限回歸の　中樞に
あゝ　今日も　西風に煽られて　黝々と渦巻いてゐる　一つの斷層　ひとつ
の斷層

作品五番

一つの言葉が　じつとりと　汗ばみ
ひとつの言葉が　鋭い風を　引き裂いてゐた　あたり
夥しい観念が　夏雹《〔カハク〕》となつて　飛沫《シブキ》を上げた
……蝕まれた　空は低く
樹木は　その　輝きを失せ
硝煙のやうに　錐《ドリル》の響きの　消え去つたあと
むなしく終つた　頭蓋穿孔の　切斷手術と
眼下にけむる　初《ハツ》夏の　運河の街とは
何か　祕かな關聯を　抱いてゐたと　誰が言ふのか　誰が言ふのか
——そのころ

海綿のやうに　鹽水にひたされ
半ば　可溶なものとなつた　私の意識は
孔雀羊朶の形に　花咲いたやうな　吹き上げの水に
銹びついた　眸を凝らし
砂礫のごとく　もはや　動かうとはしなかつたのだ

作品三番

氣胸喞筒の　銀色の針に
冷たく　凍りついてゐた　胸壁
其れだけが　辛うじて　支へてゐた
生命《イノチ》といふ　蒼白い　水玉のやうなもの……
あゝ　鐘が鳴るとき
疲れた眸に　對岸の　町の灯りが　しん〳〵と痛く
みな　音もなく　穢れた繃帯を　巻き返す
黄昏どき
今日もまた　微熱と共に　上下する　私のナイトテエブルよ
その緩やかな　波濤のなかに　偏執のやう

黝々と　いつか描かれてゐた　一つの幻
病棟の　鏡にうつつた　私の影の　歪んだ片盲目で　あつたといふこと

作品六番

どす黝く　血膿に濡れた　繃帯を
狂つたやうに　巻き返し　巻き返し　巻き返した　ところで　何にならう
無數に伸びた　病竈の　手足のうへに
今は　點々と　煉瓦のごとく　赤蟻の群が　蠢いてゐた　ばかり
海盤車《ヒトデ》のやうな　夜景が
今日を限りの　無花果《イチジク》の葉を　脹らませ
じつとりと　開け放された　運河の町に　汗ばむでゐた……
――その夜
下街の　轉轍線は　絶えず　重たい　地響きを上げ
暗い夜空が　搖らめきながら　銹びた鋼を　覗かせてゐた　あたり

あゝ　既に　朽木のやうな　私の意識は
もはや　その名の　重量に堪へず
假說の夜の　くづれゆく　雪崩とゝもに　落下してゐた

作品九番

せめて　冷徹でありたいといふ　そのなけ無しの　希ひすら
今は　遙かに　遠いものと　なつてしまつた
あの　消えがてな　石油ランプの　灯火のやうに
――見る影もなく　踊りつかれ
鉛のごとく　しん〳〵と　酔ひ覺めの　頭も重く
蹣跚きながら　汗ばむやうな　地下街をのがれ
つめたい　夜明けの　でこぼこ道を　上りつ下りつ　いくたび
……皎々と　殘月が　するどい光りを　のぞかせてゐた　巷の空に
失つた　假裝の花を　もはや　取り戻す力もなく
曉ちかい　肌を刺す　運河の風に　あふられながら

その聲もかすれ
私はけふも　虚しい呟きを　止めなかつた……
——死んだ方が　よかつたのだ　死んだ方が　よかつたのだ　よかつたのだ
よかつたのだ

作品八番

靜かに
死といふものは　もつと　幸せな時に　來るものと
口癖に云つた　貴女の言葉よ……
——けれど　頰には　つけ慣れぬ　頰紅をぬり
眸には　やゝ不自然な　アイシャドウを　溶かし
最後の粧と　思へば　枕頭の　矢車草も　いつか色褪せ
じつと屈んだ　貴女の　兩の手のひらから
今は　にじみ出る　虛しい生命《イノチ》を　呼吸してゐる……
深更　とほく　曳船の　サイレンが鳴り
……そのとき　一羽の蝶が　吸はれるやうに　ベッドをかすめ

よろ〳〵と　飛び交ひながら　病棟の　石油ランプを　羽搏き消し
——瞬間
私をつゝむ　盲目の　闇のそこひに
貴女も　花も　運河の町も　あゝ　みな　音もなく　崩れていつた

作品十番

闇を切る　信號燈の　閃きに追はれ
橋梁の　くらい轟きに　脅かされ
擊發された　神經は　急速に　車體の外へ　はみ出してゆき……
——結痂のごとく　暗天から　絕え間なく　落下するもの　落下するもの
礫
雪崩のやうな　煤煙の　重みをさゝへ
がう〳〵と　暗夜の原を　突き抜けてゆく　鉛の彈道に　手を振りながら

作品十一番

遙かにとほく　見はるかす　マロン・グラッセの海
サナトリウムの尖塔に　聲もなく　銹びついてゐる　一羽の海鳥
曇日の日差しを浴びて　半島をだく　薄ねずのゼリイがくづれる
〈海景……砂濱に　けだるい呼吸を續けてゐる　テエブル・スピイチの鸚罌粟
の花よ〉

作品十二番

紅鱒を戀ふ　絶望の　夕ゆふべは
顱頂に近く　銹びたクレエンの　二の腕をまはし
喝々と　白銀《ガネ》の　楔の筋を　大地の闇に　打ち込んでゆく……
かく　夜ひかる　湖底の水に　くだけゆく　眼窩を浸し
燦然と　夜露にぬれる　成層の　羊齒の疎林に
困憊《ツカ》れた　二人の　肢體を埋め
——女よ　私達は待つであらう　蠍のやうに
やがて　血汐ふく　闇夜の漣《ナミ》に　流れ寄り　たゆたひ　搖らぎ
……あゝ　しばし　瑠璃色の　雌雄の魚の　からみ合ひ　縺れ　ほぐれつ
飄々と　空わたる　大古の風に　煽られながら——聲もなく

祕かな合歡を　祝祭《コトホ》ぐことを

作品十三番

嘲弄《アザケ》りのやうに　遠い火山は　噴煙を湧き立たせ
地鳴りのごとく　打ち砕かれた　巖々は　破片となつて　大空に散り
微かに　搖らめきながら　崩れてゆく　大地の涯て……
遂に　行く道を失つた　僕等二人は
見る影もない　一望千里の　枯草を分け
薄を踏み　蔓草に搦み　翔ぶ鳥の　姿も見えぬ
あの　曇日をゆく　風の道標《シルベ》を　手探りながら——蹣跚いてゆく　原
石礫《クレ》を取つて　虚空へ投げる　その業《ワザ》も　疲れてしまつた
颯々と　木枯しが　砂を巻き　くち葉を舞はせ
枯原とほく　吹き去つてゆく　彼方——草木も絶えた　赤黝い　山襞にかけ

あゝ　遙かな日々の　慟哭のやうに　黄昏が　たゞ深く　しみついてゆく……

作品七番

酸素ドリルが　火花を立てゝ　驅逐してゐた……俘囚の群
リンゲル注射の　連通管が　蒼黝い　太洋の　うねりのごとく
私の意識を　搖り上げ　搖り下し
爛れた病竈は　じつとりと　クレゾオルのやうに　汗ばむだまゝ
今は　見る影もなく　衰へ——運河病棟の　ベッドの上に
懸崖をかすめる　海鳥の　憑かれた閃きを　追つてゐる
そのころ　油に澱んだ　眼下いちめん……黄昏が　汚れた繃帶を
巻き返すあたり
あゝ　蹣跚きながら　お前は今日も　髮を解き　盲目の　眸を凝らし
途切れ〳〵に　細く鋭い　曳船の叫びを　呼んでゐた——椿のやうな

落日の光りに　吸ひ込まれながら

コオカサス

北方ノ歌　作品十四番

腐敗シキツタ魚ノ臭ヒガ　コノアタリ　街區イチメンニ漂ヒナガラ
アノ煤煙ハ　モハヤ虚空ヲ切ラナクナツタ
ソノトキ　俺ハ立ツテヰタノカ　笑ツテヰタノカ　外套ハ枝ニ吊サレ
暗夜ノ空ヘ　グングン上汐ガ高クナル　北方　顔モ手足モ
ベツトリト　藻草ノ群ニ埋マツテユク
藁ニカラマレタ軌道ノヤウニ　ソレガ又何ニナルノダ
何ニナルノダトイフソノ問ヒデスラ　無用ノ叫ビニ過ギナイデハナイカ
ベウベウト　寒氣ガヒトキハ嚴シサヲ増シテ
枯レタ肋骨ヲ北風ニサラシ
聲モナク寄リソツテユク　夢幻ノ顔　ムゲンノ顔々

ソレハ　青褪メタ樹氷ノヤウニ　近ヅク凍結ヲ暗示シナガラ
痩セサラバヘタ二本ノ毛脛ヲ　極原ニ立テ
アヽ　不毛トナツタ慾情ヨ　今ハ　ハヤ　俺ニ殘サレタモノハ
スデニ無イノダ

鴉ニ　作品十五番

煤煙ノナカニハ骨片ガアツタ
骨片ノナカニハ渦巻イテキル煤煙ガアツタ
荒涼タル北方ノ
ドコカラモ遠ク離レテ
人モミナ
馬モミナ　默々ト無言ノ墓穴ヲ掘リ下ゲテユク
……今日ダケハ　生キテユカウト
凍テツク空ニ　見エヌ眼ヲヒラキ
夜フカイ
血ヲナガス煉瓦ノ底ニ　打チ込ンデユク　楔ノ列──

荒涼タル北ノ
クヅレユク密度ニ堪ヘテ
ヤガテ　スベテガ終ラウトスル……暁《アケ》近ク
歪ンダ笑ヒヲ片頬ニノコシ
重イ羽音ヲ立テナガラ　聲モナク去ツテユクモノ
鴉ヨ
今宵　裂風〔ママ〕ニ刃物トナツタ手ノヒラヲ合セ
ア丶　僕等ハフタ丶ビ　相ヒ見ルコトハアルデアラウカ

歴史　作品十六番

無言ノ底意ニ　高廈ノ赤煉瓦ガ崩レテユク
砂塵ノ底ニ　突キ詰メタ二人ノ合意ガアル
唐紅ノ石榴ノ花ヨ　歪ンダ榮冠ヲ空ヘ吐キ出セ

龜裂　作品十七番

空ヲ切ル白イ彈道ニトビ乘ツテイツタ
モウ　スツカリ昏クナツテ　星ノ光リト見分ケルコトモ難カシカツタ
ソノトキ　アイツハ笑ツテキタカ　手ヲ振ツテキタカ
何モカモ　見ルミルウチニ消エ去ツテイツタ
死刑臺ニ斃レタヤツヲ　俺ハマタヒトリ　忘レヨウトシテキタ

作品十八番

四六時チュウ
陰々ト壓スル空ノ重ミニ　今ハ　ドコヘトモナク沈下シテユク
サビツイタ空氣錐《ドリル》ト　乾船渠《ドライ・ドック》ノ煙突トゝモニ
赤黝イ煤煙ガ　空ニフキ出シ　空ニ噴キダシ
ソノアタリ　砂ニウモレタ二本ノ軌道《レエル》ト
炎熱ト
轟然ト風スサブ熱砂ノ街ニ
父母ヨ　君ラ二人ノ罪ヲ背負ツテ　俺ハコゝマデ歩イテキタ
アクタノヤウナ襤褸《ランル》ヲマトヒ
手モ足モ　スデニ疲レテ動ケナクナリ

片膝ニハ白刃ヲイダキ
アバラニハ　干潟トナツタ汐水ヲ溜メ
海峡ノ熱砂ノソコニ　見ルミル上汐ガ高クナリ　グングント
烈風ヲツキ　奔流スル硫黄ノハテニ
タソガレノ光リハイマダ遠イ
アヽ　父母ヨ　君ラハ知ルカ
見ルカゲモナク砂塵ニマミレ　モハヤ　歩ミ續ケル力モナク
瀝青《タアル》ニヌレタ橋脚ニ　グツタリト　祕密ノヤウニ打チ伏シタマヽ
コノ日　俺ノ掌ノ重油ノナカニ　浮游シテキル水母ノ群ハダレノモノダ

作品十九番

重イ懶惰《ランダ》ノ跡形ガ　蒼ザメタ顱頂ヲ壓シ
酷暑ノ晝ハ　タナムキニ　スデニ息ヅク力モナク
現《ウツヽ》トモナク　廻《メグ》リクルユフベ〳〵ハ
クヅレユク指頭モ疼キ　荒涼ト　幽暗ノ光リトヽモニ　空へ沒スル
人ツコヒトリナイ　暗イ砂漠ノ中核ニ
今日モマタ　亮々ト　櫛毛ノヤウナ日ガ昇リ
聲モナク　有明ケノ月ガ傾《カシ》イデ
――アヽ　今更　俺ハ何ヲカ言ハウ
アノ遠ク　イタイケナ　見知ラヌ父母ノ罪ヲ背負ツテ
サウシテ　俺ハ默然トシテ

砂丘ノソコニ　イマハ干割レタ骨骼トナリ
ズツシリト塵ニ被ハレ　破船ノゴトク揺ラメキナガラ
——友ヨ　ソレヲシモ　雪崩レクル記憶トイヒ　鴉トイフノカ
幾十ニチ　俺ハ切ナク　キレ〴〵ノ
黑イ毛布ヲヒツカムリ　日モ夜モ　漠々タル流砂ノ波ニ奪ハレテユク

作品二十番

地ノ涯テノ
蒼ザメタ流砂ノハテノ　ユフグレノ
日ハトホク　ナダレユク風デアツタカ　石礫《ツブテ》デアツタカ
霙トナツテ　ドツト砕ケル　昏迷ノ
クライ氣圏ノ密度ノ底ニ
今ハタゞ　狂氣ノゴトク取リ殘サレテ
壊《クツ》レユク北ノ　毛穴ノヤウニ喚イテキル　喚イテキルモノ
……アヽ　白楡《ニレ》ノ林ニ　俺ノネガヒハ酷烈ナ吹雪ヲマハセ
ケガレタ夜ノ　嘲《アザ》笑フ肉身ノ刃ヲノガレ
今日モマタ　サウラウト俘囚ノゴトク

ヒヾ割レタ無名ノ曠野ニ　ヨロメイテユク……
地ノ涯テノ
蒼ザメタ流砂ノハテノ　黄昏ノ　コレモ又　イタイケナ無頼ノ友カ
ヘウ〳〵ト空ヲ捲ク　不毛ノ北風ニ脅カサレ
血ヲフク胸ハ　惨烈ナ　ムスウノギブスニ埋モレタマヽ
アヽ　夜モスガラ　コノ銹ビツイタ轉落ノ　今サラ何ヲ悔ムトイフノダ

作品二十一番

コオカサス

ソヽリ立ツ　白楡ノ　梢ノハテノ
リヨウ〳〵ト　蒼ザメタ樹霜ヲタヽム　雪原ノ
霜月トホク
風スサビ　須臾ニクダケル　コオカサス
色アセタ怯懦ノハテニ　聲モナク暮レテユクモノ
——アヽ　コオカサス
コノユフベ　暗然ト　君ハ酒盃ノ手ヲヤスメ
鴉トビ　ナダレクル寒氣ノソコノ
カラ笑ヒ　虚ニ凍エテ

クヅレユク魚骨ノゴトク　今サラ何ヲナサントスルノカ
荒涼ト　眼底ハ霧ニヲカサレ
痲痺シタ指ニ
キレギレノ　顱頂ノ傷ヲ手サグリナガラ
霜月トホク　幽暗ノ　ソヽリ立ツ白楡ノ梢ノハテニ
ヒモスガラ　颪スサビ　渦巻キカヘル　コオカサス
黄昏ノ怯懦ノハテニ　暮レユクモノヽ
アヽ　ソノ傲然タル吹雪ノ聲ヲ　君ハ呼ブノカ

（M・Mトイフ人ニ）

作品二十二番

日ノ果テノ　墮天ノ罪ハ
風スサミ　轟トクダケル　陸橋ノ
春トホク　煤煙ハ空ヲツラヌキ
霏々ト降リ　ドツト脅メク　肉身ノ
青白ム刃ヲノガレ
暗澹ト　夢幻ノ顏ハ夜空ヲカスメテ
イマハタヾ　明日ハスデニ來ラヌトイフ
人ノ子ノ　墮天ノ罪ハ　タソガレノ轉轍線ニ
吹雪マヒ
點燈ハトホク凍エテ

幽暗ノ　吹キスサブ寒氣ノ底ニ
今サラ何ヲナサントスルノカ
ウツソミノ　懶惰ノスヱノ　ユク方モナク
荒涼ト　君ノ心ハウツロニ呆ケテ
ソノ日ノ果テノ　鋼鐵ハ須臾ニドヨメキ
アヽ　コノ夕　夜ヒカル鐵路ノキハニ　君ハタヾ
サカシマノ　壊レユク破片トヽモニ消エナントスル

いまさらに何をか云はむ夜光るその航跡のまさきくもあれよ

夜の果ての旅

夜の果ての旅　完

焦土・雅歌

(Ⅵ)

みなさまに

マダム　みんな空しいことばかり

緑のグラスでウィスキイを飲むこと
皮下注射のアムプルを常用すること
とめどない倦怠の歌をうたふこと
よごれた原稿を風にまき散らすこと
…………………………………………
信天翁に白ソオスをかけること

墓碑

山麓ノ風ハ
今日モ黄バンダ熊笹ヲ分ケ
截《セツ》然ト　稜線ノ朝ノ日ザシハ
凍テツイタ斷層丘ノ　夜露ニヌレタ楡ノ林ヲカギツテキル

楡ノ林ハ　鳥啼キ
サツ〳〵ト　木ノ葉ヲマハセ
ソノ近ク　山裾ノ冬ノ枯野ノ　若キ旅人《リヨジン》　タヾ一人コヽニ眠ル

≪……故郷ヲ彼方ニノガレ　明日ヲ知ラヌ慟哭ノ日々ヲ行キ　コノタ

イタイケナ己ノ罪ヲ　北國ノ薄ガ原ノ雪崩レクル寒氣ニサラシ　斷
層丘頭　トハニ眠ル　無賴ノ人

石碑《イシブミ》ハ苔ムシ　寥々ト樹霜ノ肌ニウヅモレタマヽ
——今ハタヾ　祈ルナカレ
遙カニ遠ク　見ハルカス霜月ノ曠野ノハテニ
聲モナク崩レル　穗高ノ山　乘鞍ノ峯

木枯ラシハ　今日モ凍テツク山麓ヲ分ケ
朝《アシタ》
稜線ハ須臾トシテ　薄白《ハクビヤク》ノ濃霧ノ底ニトザサレテユク

歸郷

汗ニマミレタ　蝶ネクタイノ生理
山麓ハ　サツ〳〵ト　木ノ葉散リ敷キ
木ノ葉　散リシキ

――十年　　ソレハ
掛ケ小屋ノ田舎芝居ノ　欹ケテヰタ役者ノ片腕

外科病院

プロコカインノアムプルト　手洗ノ昇汞水ト
窓枠ノ鶏頭ノ葉ト
――ジィント痛ム　小春日ノ空

白イ不具　ヘ君ハヤツパリ盲目ナンダネ
黑イ不具　ヘ君モホントニ　メクラナンダネ

翳

空ヲドヨモス　紙片ノ花　須臾ニ崩レ
轟然ト　爆裂スルピアノノ群
ネオンノ光リニ　夜更ケノ街ハ虹色ニ染ミ
午前二時ノ　顔ト顔　見カハス頬ニ灯火ガ散ル
――左様ナラ……
生キルニシテモ　滅ビルニシテモ　所詮明日ハスデニナイノダ
……眉ヲツク　蒼ザメタ髪ノ亂レト　脂《ヤニ》臭ミ
スエ果テタ疲敗ノ味ト
固ク凍エタ目差シニ　又　壊レユク己ノ胸ニ
トホイ不毛ノ閲歴ヲ　モハヤ振リ向ク便《ヨスガ》トテナク

秋タケテ　今宵砕ケル　ルナパアクノ煉瓦ノ底ニ
野分立チ　サンラント鋼ヲ舞ハセ
今ハタヾ　切レギレノ　薄手ノ布ヲ掻キ寄セナガラ
——暗イ仲間ヨ　人生トハ
夜目ニモシルク　輝カヌオノレノ翳ヲ嘲笑ヒ
一人ヅツ　蹌踉ト闇ノ巷ヘ呑マレテイツタ

岬

一昨日モ　昨日モ　今日モ　暖流ハ岬ヲ洗ヒ
シオンノ群花ハ　サンラント殘暑ノ光リニ燃エ立ツテキタ
一昨日モ　昨日モ　今日モ　水鳥ハ巖ヲメグリ
紫金ノ海ニ　オモイ落日ノ聲ヲ流シタ

イク十日　何モナカツタ　潮ノ滿チ干キ
イク十日　何モナカツタ　白イ雲　シロイ空間
メグラヌ季節ハ　蒼然ト　砂丘ノ底ニ朽チハテヽイツタ

ア丶　一昨日モ　昨日モ　今日モ　私ハ見タ
頬コケタ私ノ鬚ハ　砂ニマミレタ片膝ヲ抱キ
沖ノカナタニ　日モ夜モ知ラヌ　饑餓ノ夢ノミ育ンデキタ

ゴルゴダ

砕ケチル大厦ノ梁木　四散シタ土砂ノ堆積……
トホク　黄バンダ煙リガオホ空ヲ焼キ
ハルカ彼方ハ　ナホ爆發ノ響キヲ止メナイ
晝夜《ヒルヨル》ノケヂメモツカヌ焼野ヶ原ノ
赤土ヲ縫ヒ　荒涼ト一トスヂ伸ビル　墓場ヘノ道
——飢ヱタル母ハ　土偶ノヤウナ幼ナ子ヲ抱キ
雪崩レクル瓦ヤミノ餘燼ノ底ニ　トホイ今宵ノ生活《イタツキ》ヲ追ヒ
土砂ニソミ　切レギレノ襤褸《ランル》ヲマトヒ……
幼ナ子ハ　凝然ト暮色ニアヲム背ヲハリ
兇器ノヤウニ胸ヲ撃ツ　枯レタ二ツノ肉塊ヲ思フ

……アヽ　當テモナク蹣跚イテユク　ヨロメイテユク
ヒトスヂノ光リモ見エヌ　ゴルゴダノ原
突キツメタ怒リノ涯テニ　今日モマタ　雨降リシキリ
クライ廢墟ヲ　一様ノ地平ノカタニ押シヤリナガラ……
崩レノコツタ　タソガレノ疎水ノカゲニ
蹌踉ト　無言ニツヾク墓場ヘノ道……墓場ヘノ道
ソノアタリ　明日ヲモ知ラズ　不毛ノ夜ガ今ハグン〳〵迫《セ》リ上《アガ》ツテクル

涯

沖ノカナタニ　クロイ虹立チ
海原ハ　行方モシラヌ　重イ車軸ヲ廻ラシテユク
暮レテユクトキ　陸風ニ　濱ノ薄ハ一セイニ靡キ
夕ヘガタイ想ヒハ
木靴ヲ穿イテ　今日モマタ　海ヘノ襞ヲ下リテユク
聲モナク　藻草ノ山ヲ踏ミ分ケナガラ
砂ニマミレタ獸ノ骨ヲ搔キ棄テナガラ……
——アヽ　荒波ニヌレ　渚ニマロブ石クレヲ取リ
白々ト　虛空ヘナゲ　虛空ヘ投ゲタ　トホイ年月
……今日　ウツヽトモナク　引キマトフ襤褸ノ胸ニ

秋ノ風　吹キ…………イク十年
生キテキタ　暗流《ナガレ》ノヤウニ　ソレデモ俺ハ生キテキタト
血ヲ吐ク　夕日
波濤ヲメグル　水鳥ノ聲
——イク十年　コヽニ假象ノ旅路ヲハリ
鉛ノゴトク　今ハ靜カニ蹣跚イテユク　ヨロメイテユク
仄闇ノ　岬ノ涯テノ　アノ汐鳴リノトヾロク方へ

ウラル山塊

有明ケノ月ガ　白樺ノ木ヌレヲ濡ラシ
地平トホク　鬱蒼ト　樹海ハ木枯シニ鳴動《ドヨメ》イテユク
一九四九年　冬　定メナイ希ヒノヤウニ
騷然ト　樹海ハ一セイニ東ヘ靡キ
喪ツタ昨日ノ望ミハ　雪原ノ　白夜ニ犬橇ヲ走ラセテユク
――ア丶　都會《ミヤコ》ヲ去ツテ幾何《イクバク》ニナルダラウ
ウラルヲ越エ　凍テツイタ大河ヲ渡リ
吹キ荒ブ風ニ捲カレテ　イク晝夜　木ノ葉ノヤウニ彷徨《サマヨ》フテキタ
……雪崩レチル　稜線ノ　白色斜面ニ
リン〳〵ト　落穗ノヤウナ鈴ヲ振リ

シノヽメ近ク　西へ向ツテ峻リ立ツ巖　峨々タル峯々
其ノトホク　寥々ト　殘月ノ傾クアタリ
今日モ又　崩レユク地表ノ底ニ　人々ハ嵐ノヤウニ叫ンデヰルノカ
——コノ朝《アシタ》　見ハルカス　一望ノウラル山塊
犬橇ノ綱ヲ引キシメ　一散ニ　楡ノ林ヲカケ抜ケテユク
熊笹ヲ分ケ　夜露ニシメル斷層ヲコエ
疾風《ハヤテ》ノゴトク　逃レユク者——疾風ノゴトク　旅ユク身ヨ……
——連峯ニ　朝焼ケノ烽火《ノロシ》ガアガリ
アヽ　今ハ　茫々ト樹海ヲツヽム　北國ノ　茜ノ空へ沒シテイツタ

入江

薄暮ノ空ニ　ガラスノ破片ガ棄テラレテアル
一角ハ　白ク　痲痺シタ幼兒ノ掌ニ似テ
ソノアタリ
入日ノ底ニ　截然ト　羽毛ノ群ノ立チソメタノハ
何時デアツタカ……………………
——雲シヅム　海ノ葬禮
入江ノ町ハ　暈キナガラ　砂丘ノ襞ヘ炎エ落チテユク

焦土

港ニチカイ埋立町　無數ノ旗ガ暗夜ノ雲ヲ焦ガ
シテキル…………………………………………
ソノ邊リ……群衆ハ兇器ノヤウニ四散シテキタ
……朽木ノヤウニ一人ヅツ折リ重ナツテ倒レテ
イツタ　八月——巨大ナ街ハ灼熱ノ花瓣ヲヒロ
ゲ　腐敗シタ花ノ臭ヒガ闇ノ旋風《ハヤテ》ニ唸ツテキタ
終夜　燃エサカル煉瓦ノ底ニ大川ガ黝《クラ》イ逆波ヲ

立テヽヰタ——港ニチカイ埋立町　頭上ハルカ
ニ夜更ケノ星ガ炎トナツテ舞ヒ落チテヰタ

曉闇《シノヽメ》ノ原ニ　無言ノヂェラニウムガ崩折レテヰ
ル　一羽ノ鳥ガ未明ノ空ヲ北ヘ向ツテ羽搏イテ
イツタ——幾晝夜　次第ニハビコル夏草ノ中ニ
瓦礫ノ街ハ今日モ喪服ヲ着忘レテヰタ

雪崩

疾驅スル雲ノ流レガ　間近イ春ヲ知ラセテヰル
立チコメル蒸氣ノ中ニ
今日モ又　巨大ナ眸ガ　連峯ノ南ノ空ヲ限ツテヰル
——地底ヲ這ヒ出ル　白蟻………白蟻ノ群
ソレハ驝テ　兇器ノヤウニ　黝《クラ》イ眼球ヲ蝕ミナガラ
一夜　轟然ト　礫トナツテ散亂スル
ムゴンノ眸ニ　瞬間　闇ノ山翳ヲ倒射シタマヽ

郊外

黄バンダ斷層ガ　家並ミノ涯テヲ圍繞シテヰル
銹ビニ搦マレタ　蹄鐵《ヒヅメ》ノヤウニ——
外縁ハ一望ノ赤土ノ原　ソノ邊リ
クヅレタ樹木ガ　茫々ト砂塵ノ底ニ埋沒シテヰル
——迫暮……今日モ又　人氣ナイ甍ヲカスメ
團々ト　クライ煉瓦ノ屋根々々ヲ廻《メグ》リ
ヤガテ杳ク　野末ノ空ヲ　氣流ノヤウニ渦巻キナガラ
一群レ　無數ノ鴉ガ　西へ向ツテ鉛ノゴトク下降シテユク

枯野

草モナク
木モナク　谷モナク
裂然ト　一トスヂノ龜裂ヲ負ツタ
北國ノ
ナダレ散ル　空ノ下ノ——
………イク十日………今日モ又　石礫《ツブテ》ノゴトク
私ハ一人彷徨フテキタ………（彷徨フテキタ）
西カラ北へ　故モナク傷ツキナガラ

――聲……私ハ何ニモ知ラナイノダ

――木靈……私ハナニモ　知ラナイノダ

ヴィラ

懸崖ニノゾム　曇リ硝子ノ部屋
緑ノ絨緞ニ　散亂スル
無數ノ剃刀　蟻

私ハ貴女ヲ睡ラセテキル――髪ノ
ナカデ　掌ノ上デ

銃猟

窓外ノ　夕靄
部屋ニ　空腹ノ灯ヲトモス……
鏡ノナカノ　緑ノグラスト　私
——一聲　喪服ノヤウニ
トホイ沼地デ　銃彈ノ響キ

落下

斷崖ヲ落下スル　二ツノ球體
肌ヲ衝ク　海面四百八十米ノ疾風
——黄バンダ質量………遙カニ………
僕等ノ心臟ハ大キスギル　アヽ——大キ過ギル

南島樹林

跫音ガ　羊朶ノ疎林ニ埋没スル——午后
無數ノ蜘蛛ガ　若葉ノ蔭ヲ四散シテユク
——南島《ナンタウ》………楡ノ樹幹ニ　苔ヌレ
木《コ》梢《ヌレ》トホク　燦爛ト一把ノ刃物ヲ
大空へ抛ゲ………弓弦ノヤウニ　大空へ抛ゲ………

霧

遠イスパアクガ　夜更ケノ街ヲ炎ヤシテキル
喪ツタ視界ニ　今日モ又　微カナ月光ガ差シコメテクル
――秋タケ　懸崖ノ涯テ　行ク道モナイ巷々ヲ
ワタシハ　蹣跚ク
私ハ疲レヲ感ジル　蒼ザメタ夜霧ノヤウニ

以上一九四九年

井戸

邑カラ三里　砂ノ狭間ニ穿タレタ鹹水井戸
流砂ノ底ノ　一點　毛穴ノヤウニ黝イモノ――水
鹽クサイ數十尺ノ綱ヲクリ　銹ビツイタ釣瓶ヲ廻シ
日ニ幾度　地層ノ水ヲ筧ノ群ヘウチ撒ケテキル
――朝マダキ　毛皮ノ袋ヲ杳イ砂丘ノ襞ヘオキ　背ヲ撓メ
ヨロメク體ニ　蒼々《アヲ》ト　鹽フク足ヲ踏ミシメナガラ
イク十日　見渡ス青ニ　今日モ又　眩クヤウナゴビノ太陽
アヽ　邑カラ三里　砂ノ狭間ニ穿タレタ鹹水井戸
日モスガラ　故モナク汲ミ上ゲル汚水ノ穴ヨ

髪　ソノ一

夕ぐれ　山竝みの涯てに
お前は音もなく髪を解く
お前の髪に無數の鳥が舞ひあがる
見えない霧がお前を包む　お前の髪に
わたしの知らぬ夜の鍵がある
谷川の渕に　夕べの月影が漂ふてゐる
お前の髪にわたしの知らぬ水音がある
——夜ごと　人知れず夕雲の投網をひろげ
一點　きたかぜに蒼い指先の灯をともし
今日もまた　遠い山竝みに暮れてゆく人……

あゝ　入日の底に　二つの翳がさゞめいてゐる
……………歌ひながら　渦巻きながら

髪

ソノ二

死。
櫛。
翼。
髪。
雪。
刃。
灯。

刃。
雪。
髪。
翼。
櫛。
雲。

髪　ソノ三

貴女の髪に　見知らぬ鳥のさゞめきがある
貴女の髪に　一条《ヒト》の峠の路がのびてゐる
貴女の髪に　無數の木の葉が舞ひあがる
貴女の髪に　果肉の色の夕映えがある
貴女の髪に　遠い山巓が暗くなる
貴女の髪に　襤褸《ツヅレ》のやうな星翳がある
……………………
貴女の髪に　谿間の夜嵐が鳴つてゐる
貴女の髪に　夜更けの湖の臭ひがする

髪

ソノ四

貴女の眸の入海の底の
貴女の口の岩穴の奥の
貴女の髪の水草の根の
貴女の胸の二つの白い巻貝の中に

髪　ソノ五

貴女の髪に　私の知らぬ波音があり
貴女の眸に　私の知らぬ
とほい波濤の眩めきがある
夕ぐれ　名も知らぬ魚介の群が　貴女のために
人知らぬ入江の濱で死に絶えてゆく
傷ついた鳥の臭ひが
束の間の　貴女の翳に漂ふてゐる
……………………………………
海が光りを失つたとき
僕等はうねりの底に睡るであらう

荒磯の石のおもての　さりげない説話のやうに

荒地

散弾
發射
荒地に鳥翳が
舞ひあがる
銃口の
先に
夜がある
(夕陽の重みに
銃身を
下す)

夕空に
見えない
塑像
が
隠されてゐる
囮の
やうに

雅歌

二月十八日　黄ばんだ風が儂達の頭上を走る　落日を乗せて　追ひすがる二人の髪の毛を捲きながら脊陵《〔ママ〕》山脈の暮れてゆく涯て　峻り立つ數十尺の斷崖のうへ　傾く雲に轟然と夕暮の波頭がゆれる　お前と儂と　砕け散る飛沫の霧に濡れながら　すでに幾度《タビ》　燃える眸に狂はぬ照準を確めてゐた
二月十八日　北方に驅けるうねりの竝　北へゆく怒濤の流れ　ひとしきり盛り上る地變のやうな汐鳴りのなか――――今日　岩を裂く水鳥の響きを殘し　一《ヒト》聲　沖の彼方に紫金の虹の炎え落ちるとき………

……山麓の墓に夜更けの木枯しが鳴つてゐる　降りつもる落葉の中に　今日も二人　とほい谿間の見えない灯火を消してゆく　幾山河《ヤマ》　睡れぬ夜の　動かぬ冬の星空の下で

入水

それから幾夜　當てどない海を　私は一人流れつゞけた
兩の掌に蒼ざめた星座の棘を打ちながら　夜更けの沖を
潮鳴りのみが遠い岬の記憶のやうに白んでゐた　幾山河
さりげない水藻の群が私の額をかすめて過ぎた　夜ごと
波のまに〳〵今は終つた物語を私は繰つた　夢の最中に
さん然と見知らぬ神々を私は彫つた　いく夜　夢のもな
かを逆しまの月の光りが雪崩れてゐた
あゝ　それは何時であつたか　曉闇　無數の松明が入江
の濱を燒いたのは　巖《イハホ》を廻《メグ》りひとしきり消えがてな櫓橈

の聲を聞いたのは――それから幾夜　當てどない闇
を私はひとり睡りつゞけた　まことしやかに暮れ蒼む二
本の水脈《ハダ》を刷きながら

せめて言つてくれ
それでよかつたと
たゞ一言
（太宰）

落城・使徒行傳

（Ⅶ）

落城

荒地

甘藷畠で農婦は終日馬鍬を砥いだ．曇天から無数の毳が舞ひ落ちてゐた．荒地の空に鴉の群が殺到した——煤煙——農婦は孕みを感じてゐた．祕かに押し潰された岱赭土のやうに．

炎天

牛成《ハンセイ》のレエルの上に無數の布切れが棄てられてゐた.
煤煙にまみれ色褪せた椿のやうに皺んでゐた.
時折り列車が過ぎると布切れは羽毛のごとく荒地を舞つた.

——あれから幾日.　夏草の中には人々がゐた.
人々の呆けたやうな諍ひがあつた.（それでよかつたと誰かゞ言つた……）

……………………………………………………

炎天　荒地の底に二本のレエルの折れ曲るあたり
死刑臺に斃れた者は今日もまた一人忘れられようとしてゐた.

出征

錆色の煙が暗夜の雲を押し上げてゆく．降りしきる驟雨をついて列車は徐行しながら出發する　もはや還るまいと思ふ心に　澤山だ！　轍に響く海《カイ》鳥の聲　汽笛の叫び……さよなら　父母よ　兄よ　妹よ……嵐の底．肉親の骨の鳴り聲を　ひとしきり煤煙のなかに俺は聞いた．

行軍

煙硝の底に倒壊する邑　烈風がドアを引き裂いてゆく
將棋倒しに斃れゝばその儘砂塵の渦に呑まれてゆく馬
鼻孔に釘附けされた鉛の背嚢．固着した疲勞の構築
さゝくれだ．この曇天の空の下のさゝくれのやうな兵士の群だ．
耳を澄ますと腸の底から銹びついた時計のやうな軋音がする．

饑ゑ

假初の諍ひのために不思議な幸せを思つたりした。一かけらのパンの爲に肉親の髮を引きちぎつてもみた。終日彼等の瞳は火花のやうに炎え立つてゐた。誇大な落城が街を包んでゐた。とほく移動する砂原《スナ》。漉き返された紙束のやうに來る日も空のみ美しかつた。

劇場

黑ずんだ背景の花．重い構築から無量の歡聲が湧き起つてくる．昏い休憩．靜かに暗轉する舞臺の上の．一人の俺．一人の私………半裸な私の劇場の中に．今日も．通過する夜行列車の轟きがする．耳を澄ますと煤煙の底から．押し殺された肉親の呻きが聞えてくる．

落城

氣がつくと砦はすでに陥つてゐた朔風が荒れた城郭を吹き捲つてゐた頭上の空を鴉の群が渦巻いてゐた………それでよいのだ見知らぬ友よ見知らぬ子よ今は睡れよろめきながら煉瓦づたひに立ち上る私をいきなり風が地べたに吹き倒した

泥濘

潰れた空。
嵌め込んだ義眼の太陽。
曠野。
渦巻く濁流。
降り止んだ豪雨は白茶けた唾液の浪だ。
泥濘の地平を堕ちてゆく肉《シヽ》。
剥がされた脂肪の兵装。
——彼方、骨塊は次第に光を喪ひながら、重く、日没と共に崩れていつた。

落城

城郭の空に夜闇の雲がせり上つてゆく.火花が街の一端を舐めながら圍繞する昏い砂《サ》原を照らしてゐる.午後七時.俺の義足も.もはや動かなくなつてしまつた.弟よ.今は唯しつかり俺を支へてゐてくれ.——朝から午へ.晝から夕まで.蹣跚きながら二人一緒に生き延びて來た今日一日.囂然と焼け落ちる伽藍の響きに.父母の舊い望みも壞えてしまつた.いま.赤く千切れた城塞の上.不思議な靄の立ち罩めてゐるこの夕闇を.お前と俺と鷗のやうに抱き合つたまゝ……あゝ今更それが何になるのだ.弟よ.今宵.いたいけな蠟梅の香りの中に.無數の大厦が燃えつきてゆく.そして.突き詰めた群衆の祈りの上を.曉とゝもに無言の問ひが答へようとしてゐるのだ.

城郭

不思議な城塞が街の外郭を包んでゐた.
黝い砂原を星翳のやうに無數の騎士が疾走してゐた.
誇大な佩劔が月光にかゞやいた.
歌聲のやうに微かな喊聲が空を流れた.
——とほく炎える松明が昏い曉を染めてゐた.
〈かつて　祕かな地異は丘のおもてに時ならぬ虹を湧かせた.
〈それから幾夜　方位を失つた地平の涯を音もなく華麗な落城が近づいてゐた.

砂丘

さりげない掟に――隊伍は音もなく崩れていつた。それから幾日、葬列は果てしなく丘の麓を廻《メグ》つてゐた。とほく無邊につゞく砂丘の襞、化石のやうに遙かな墓標の立ち並ぶあたり、鐙を忘れた騎馬の響きが、幾晝夜、木魂となつて耳を掠めた。

……………幾晝夜、やがて靜かに氷雨が來た。氷雨は砂丘の石屑をぬらし、屍を濡らし、昏く凍えた落城の涯てを、方位は次第に喪はれていつた。

終幕

城塞は日暮れとゝもに壊滅した焼け落ちた伽藍の上に音もなく昔の靄が立ち罩めてゐた押し崩された廢墟の底から靜かに見知らぬ希望《ノゾミ》の立ち還つてくる……午後七時重く暗轉する劇場裏を觀客は夜闇のうちに歸途を急いだ惡路をついて今は蒼ざめた癩者の横顔を見せながら

使徒行傳

電光《イナヅマ》の東より出でて西にまで閃きわたる如く人の子の來るも亦然らん．

マタイ傳

その死骸《シカバネ》のある處には鷲あつまらん．

マタイ傳

愚かなる者は燈火をとりて油を携へず

使徒

銹色の掟が亂れた髮の毛に垂れ下つてゐる．哭き喚く童兒の叫びが幾十日．私の額を侵し續けた．あゝ．幾十日．私は逐はれて此處まで來た．切子のやうに．霜枯れの土を．……私は何處へ行かうとするのか．使徒よ．昏く凍えた胸の裂目に．聲もなく二匹の蛇が絡まつてゐた．

海峡

義足の先に蝮の群が蠢いてゐる．　どつと吹き捲くる熱砂の風がかさかさになつた骨の髄まで引き捲つてゆく．　舌頭のやうに罅割れる空．　重く雪崩れる炎暑の深みにお前の瞳も最早動かなくなつてしまつた．——使徒よ．遙かに見える荒海の底にたゞ一條《スヂ》の祭の道を切り開いてくれ．一閃荒果てた頭蓋の際の鋭い不治の創痍《キズグチ》のやうに

傳道

衣一着——袖無し——貧乏——しがらみ——やくざ……等々——此等なけなしのロマネスク——祭のあとの假裝行列——氣障！——使徒よ丘のはづれに巨大な夕映えが炎え上つてゐる——落城のやうに、落城のやうに……。

蛇使ひと使徒

赭肌の使徒は．蛇使ひの笑ひを笑ふ．　反轉する日傘のやうな楕圓の星辰．　移動する砂丘の翳の化石の邑落．　背景……使徒よ．お前の亂れた髮の毛には一本の鋭い繩が絡まれてゐる．一本の鋭い蛇《クチナハ》を頂に．片膝立ちにお前は廻る．使徒よお前は廻る．乾草のやうに．占星《ホシウラ》のやうに

使徒昇天

隻脚の使徒が銀河の空に横はつてゐる、耳を澄すと砂丘の底から微かな劍の打ち音がする、遠く燃える城樓の閃きが闇の地底を染めてゐる邊り……月明、星の流れを無數の夜鳥が遡つてゆく、一しきり、祭火のやうに落城の夜を渦巻きながら。

記憶

砂丘には見知らぬ蕁麻《イラクサ》が萠え茂つてゐた入海には一條《ヒト》の波濤《ウネリ》の道が拓かれてゐた地底とほく解き放たれた羊等がゐた呆けたやうな歳月《トシ》があつた諍ひは記憶となつて眞晝の空を煤煙のやうに沖へ流れた……使徒欹けた十字架の片腕に今日も蜀黍《モロコシ》の冠をしつらへて掛けた

岬

巨大な帆船が夜更けの海流を遡つてゆく．月齢四日．取り残された水鳥のやうに暗い波濤を二人の叫びが夜闇の汐鳴に侵されてゆく……今日よりは．私は盲の海藻取り．岬の岩に凍《コゞ》る篝火を掻き立てながら．さやうなら．使徒．雙子座の空遠く．噴泉《フキアゲ》のやうにお前の瞳が瞬いてゐた．

晩年

乾草の褥におのれを犯した幾夜さがあつた。晩年は海邊の砂山に打ち俯しながら、冷く醉ひ痴れた歳月を亂れた指先に繰り返したりした。初霜に追はれ、私は不思議な流木《ナガレギ》のやうに、夕づけば、暮れる遠山の黄昏に、たゞひとり、見えない瞳を見ひらいてゐた。

黄昏

十字架には砕けた劍が掛けられてゐた、墓標には見知らぬ碑文字が刻まれてあつた、囂然と吹き寄せる砂漠の風が、一日、眞晝の空を風見のやうに渦巻いて過ぎた、……それから幾日、いく山河、（消えてゆく南の空）今日も又、透明な岩藻のやうに、私は一人、昏い岩礁に佇んだまゝ、……使徒、燦然と、暮れる雷雲に閃きながら、無数の水鳥が翔《ト》び去つてゆく、名も知らぬ入日の涯てを、燃えながら、さゞめきながら。

肉親

夕暮、遠い地底の劇場に微かな歌聲の響がする。風が寄せると燃える黄昏の甍から無數の鴉が舞ひ上つてゆく。落城の巷を幾めぐり行き交ふ人々の流れがある。……今日も又、夕映えが赤く地に垂れる頃、沈む廢朽の街々に生きてきた一人の兄、一人の子よ、宵闇の空に、肉親の瞳が浮かび上つてゐる。腕を伸ばしても、聲を上げても私はそれを取ることが出來ない。

序歌

爛れた煤煙が日暮れの雪空を嚙み砕いてゐる……風が渡ると枯芝から微かな鐵粉が舞ひ上つてゆく……巨大な堤防が街を過《ヨギ》つてゐる……黄昏は一望の工場群から不思議な焼土の臭ひがする——往古《ソノカミ》この川岸に三基の彗星が大空を流れて消えた……荒れた砂原に眼路限り裸形の蕁麻《イラクサ》が生ひ茂つてゐた……干潟の水に崩れた橄欖が昇天した……使徒ひとり取り殘された流囚のやうに重く夜更けの丘に打俯してゐたといふ

墓所

薄の浪が昏い砂山を覆ふ頃、二人の願ひは大空に見知らぬ虹を描くであらう、野分の風が渚の高波を吹き散らす邊り、二人の骸《カバネ》は黄昏に輝く十字架を抱くであらう、私はお前の傍《カタハラ》に、お前は私の傍に生きてきた……その一《ヒト》條に結ばれたまゝ――その一條に結ばれたまゝ幾十年、今更それが何になつたか、使徒よ、遠く暮れてゆく沖の落城、荒れた海邊の墓所《オクツキ》に、一《ヒト》日濱の乙女等は囁くであらう、それは果して誰の罪、何の罪かと、

海洋

誇大な牛檣が砂漠の熱風に引き裂かされてゆく、降りしきる水沫に濡れて轟然と船は切子のやうに動揺する、今日も又、重く崩れる檣樓の上、白日の下、使徒よ、私は知つてゐる、張り叫ぶ帆綱をついてお前の逆行も最早何處まで行かうとするのか、洋上、遠く吹き《〔フキシ〕》きる砂塵の底に、私の額も今はちり〳〵に干割れてしまつた。

エディプス

(Ⅷ)

詩抄
エディプス

始メニ掟アリ
笑フナ

ソノ一

序

大空にカンナの花が燃え上つてゐる。砂と風と何も見えない地平線の邊り。一つ。
荒れた白堊の建物から無數の小鳥が舞ひ上つてゆく。あの遠く。空のみ暮れる夕
映の中に。父母を殺し。肉親を殺し。今日も又一人淋しく。私は壞滅の歌をうたはう。

ソノ二

夜

白馬一閃．砂丘を驅ける物影がある．地底から二つの瞳がのぞいてゐる．爛々と．空には弦月．蒼ざめた夜更けの花．お前の血汐を滴らせ．母よ．お前の血汐を滴らせ．荒地の涯てを私は靜かに死んでゆくのだ．

ソノ三

誕生の歌

夕空から二條の血汐が滴つてゐる、拭いても拭いても私はそれを消すことが出來ない、遠い地底の暗闇から微かな歌聲のする邊り、茫々と私の髪は風に卷かれて茜の雲と最早見分けられなくなつてしまつた、……黄昏、どつと湧き起る龍卷の底、燃える波濤に一隻の白い汽船が沈んでいつた。

ソノ四

葬送

黄昏の空に華麗な牡牛が横つてゐる．耳を澄ますと落日から微かな竪琴の響きがする．人の子の想ひは家々の繰戸を開き．夜露散る村路をたどり．遠い山脈《ヤマナミ》の見えない洞穴《ホラアナ》へ急いでゆく．昏く．夕映えの涯てを呼び交《カ》ひながら．

ソノ五

亂倫の歌

斑《ハダラ》の雲に四本の犬釘が突き刺されてゐる．行方も知らぬ砂の裂目を．引きちぎられた無數の手足が横つてゐる．肉親を犯し．みづから蔑み．夕暮れは昏い原野に黑《コク》馬《バ》を驅つてはせ廻つてゆく．黯《アン》然と炎える入日を．華麗な血しぶきに濡れながら．

ソノ六

エディプス悲歌

銀河の雲に無數の瞳が瞬いてゐる夕闇は何も見えない荒地の底から墓穴《ボケツ》掘る重い楔の轟きがする……あゝ母上今日一日震へる瞼にお前のつぶらな涙を宿しそれでも生きて來た一人の子よ昏く濡れた眥《マナジリ》を大空にかざし石像のやうに砂丘の襞へ打ち俯して果てた

ソノ七

暁の歌

地平線上微かに揺らぐ蠟燭がある邊り一面曙の空を無數の蝶が入り亂れてゐる隻脚の騎士は朝焼けを侵しとほい砂丘の見えない階を昇つてゆくあゝ今日もやがて太陽が燃えるだらう一羽巨大な鷲が中天から木の葉のやうに舞ひ落ちていつた

ソノ八

消息

殘照の底に巷の屋根々々が横つてゐる、遠く、何も知らない山脈の向ふ、日沒の空を見えない石像が抱き合つてゐる、父母よ、今日も又月の出近く私は華麗な兩腕をひろげ、沈む遠山をたゞ一人夜鳥のやうに驅け廻つてゆく、幾十夜、命かぎり、尾羽うち鳴らす無數の鷹に突き裂かれながら、

ソノ九

青い家

青い建物に肉親の屍體が棄てられてゐる．邊り一面．投網のやうな夏草の底に掃き寄せられた無數の剃刀が壞《クヅ》れてゆく．幾十日．何も見えない地平の果て．夕映えがカールのやうに落ちかゝる頃．赤く銹び落ちた鋼を食み．鋼を含み．私は一人．この荒原を聲を限りに叫んでゐる．今日も又．假初の空の．假初の願ひの青い家で

ソノ十

風化する母

巻雲の底に崩れた穹窿《アーチ》の建物が見える、砂丘の尾根に一匹の巨大な獅子が腹伏つてゐる、炎える夕映えに花が咲き、花が散り、そのまゝ幾月、……あの日、空遠く、見知らぬ笛の鳴り渡る邊り、白々と、動かぬ羽毛を兩腕にかざし、荒地のうろを靜かに風化していつた人、重く垂れ下る夕雲を見上げ、白鳥のやうに暮れる砂原へ埋もれて失せた。

ソノ十一

秋風歌

大空に一羽の鶴が羽搏いてゐる、夕暮れは壊れた胸に花咲き匂ふ草絡を懸け、白堊の街に動かぬ彫像が犇いてゐる、落日が沈む山脈《ナミ》を燃やす頃、飽くまでしろい塗壁の底に、妹よ、お前の瞳も微かな朱《アケ》に染められたまゝ、晩秋、お前は聽て歸るであらう、何時の日、鎖引き、あの蒼林の昏い樹根《コノネ》に埋もれたお前の睡れぬ屍《シカバネ》のそばへ。

ソノ十二

魚歌

空に巨大な落日が燃える黄昏は漣《ナミ》の底から微かな魚介の呼聲がする都を遠く
私の空蟬は水草を縫ひ騷然と岩藻を散らしこの山頂の搖れる湖底を流されて
ゆく幾十日誰も知らない無頼の果て帷のやうに峯に夕映えの輝く邊り今日も
又私は壞れた腕を伸べ衰へた眸をこらし何時の日より重く碎けた骨の裂目に
夜目にも白い無數の毒茸《タケ》を光らせながら

ソノ十三

望郷

大空に華麗な火祭りが搖れてゐる。何も變らぬ草原の向ふ、一羽の夜鳥が落日に巨大な野苺をはこんでゆく。今日も又、遠い山脈が炎えさかる頃、私の肉親は柴折戸を立て、蒼ざめた蚊遣りを燃やし、野末の涯てのくらい爐邊に踞つてゐる……あゝ、父母、やがて夕映えも消えるだらう。私の想ひ出は兩翼を閉ざし、石くれのやうに見えない釣瓶を軋ませて落ちた。

ソノ十四

母火山

燃える熔岩が私の家系を焦がしてゐる、重く盛り上る岩の裂目に、押し殺された無數の氣泡が渦巻いてゆく、髮も手足も今は散りぢりに罅割れたまゝ、私の父親は星空を犯し、私の不安な兩肩を抱き、この山腹の昏い谷間に蹲つてゐる、あゝ、母《ポ》火山、最早逃れる術《スベ》もないだらう、遠く、鳴動する火口のあたり、一頭の巨大な白馬が嘶いて去つた。

ソノ十五

日暮れの騎士

空に稀代の落城がある．夕暮れは名も知らぬ廢墟の街から．押し殺された無數の叫びが聞えてくる．母よ．今日も又．燃える雷雲が遠い山脈《ヤマ》を包む頃．幾十日．痺れた指に．私は華麗な滑石《ナメ》を懸け．涙を垂れ．この沈む白堊の．壁の打ち刻まれたお前の額を弄《マサグ》りながら．何時の日より．私はエディプス．日暮れの騎士．黯《アン》然と茜の空に．動かぬ瞳を見開いてゐた．

ソノ十六

薔薇園

薔薇園に花散り、母は日暮れに焚殺された、私の頭蓋に華麗な猛禽が巣くつてゐた嚴冬、一人は一人に挑み合ひながら、今日も降りしきる霙の底を……幾十日、それでよいのだ、どつと吹きまくれ荒地の風、傲然と羽搏け私の罪よ、あゝ、父上、この雪原を隠れても駄目、誰かゞ見てゐる。

ソノ十七

追放者

夜目にも白く無數の刃の閃きが見える昏く罅割れた大地の裂目に今日も又鋭い齒嚙みの鳴り音がする〈母上よ許して下さい〉私は流竄の毛袋を負ひ枯木のやうな細杖を突き幾十日この砂山を夜鳥のやうに翔け廻《メグ》つてゆくたゞ一人夜鳥のやうに哭き叫びながらあゝ肉親が追つてくるのだ振り返る私の眸に赤く琥珀の色の月の出があつた

ソノ十八

創世紀

罠の形の雷雲がある蒼天に見えない呪物が鳴りしきつてゐる罠の形の落日がある殘照に見えない竪琴の響きがする……あゝ父母最早打ち合ふこともないだらう夕暮れは親子三人一面白い砂山の涯を遙かに遠く頭上の空に秋風が搖れ靜かに涙をひた堪《コラ》へながら聽て黄昏幾百年肉親の三角點よ燃える入日の逆光の底地平の際《キハ》を一列の黯《クロ》い隊商が沈んでいつた

『天鵞絨』第二號掲載作品

（一九四六年）

投身

この港で今日人が死んだといふ
たそがれ過ぎた
薄暗いコンクリートの波止場道
遠い海鳴り
物悲しい水夫の懐郷歌

（この港で今日人が死んだといふ
こよひ
さう、この波止場で……
重いコンクリートの一すぢ

そつと足先にしのびよる

青白い夜光蟲のほめき
冷えきつた防波堤をつたつて
あゝ、そのくるめき
淡いそのくるめき

海鳴り
もやひ綱のしめつた流れ……
…………）

ドラ
ドラの斷續
あゝ、そして又一しきり
懷しい水夫の懷郷歌……

その夜更け
冷い波止場
消えてゆく遠い海鳴り

かうもり

かうもりが飛んでゆくね
ごらん
消えて行く夕やけを追つて
ほら　あんなに紅くかうもりが飛んでゆくね

たそがれの空に青い目がうるんでゐる
夕日も沈み
顔と顔　血の氣のない顔の色

かうもりは泣かないんだね

解題・編註　解説

（木下雄介）

凡例

一、略字は正字に改めたが、字形、送り假名、句讀點法は、一部を除いて統一していない。

一、明らかな誤字、假名遣いの誤りを修正した。獨自の用字と考えられるものはこれを保存し、誤解を招きかねないものには〔ママ〕を添えた。

一、難讀と思われる漢字には、ルビを〔 〕に挾んで加えた。

一、自筆ノートは、外來語の拗音の扱いが一定しない。本書では原則として「ィャュ」などの小假名を用いた。促音は、自筆稿にある通り、ふつうの大きさの「ツ」とした。

一、自筆ノートには、空白の有無がはっきりしなかったり、點線やダーシの長さが一定しない箇所がある。個別に検討して調整した。

一、『落城・使徒行傳』、『エディプス』においては、自筆ノートの獨自の句讀記號（極小の點）を可能な範圍内で再現した。

一、編註においては、詩句の頁數と行數を25・6のように示した（複數行にわたる場合は最初の行のみ）。行數は、文字または記號からなる行を數え、空行は無視した。

一、編註においては、『天鵞絨』創刊號及び第二號の發行年月日（それぞれ一九四六年七月十五日と同年十二月十五日）は省略した。

一、編註においては、『齋藤史全歌集 一九二八—一九九三』（大和書房、一九九七年）、『定本 逸見猶吉詩集』（思潮社、一九六六年）、小野田秀夫『冬夜思慕』（一九四九年七月一日發行の『小野田秀夫選集』を再錄した『方法的制覇』第十號、一九八三年六月）は、それぞれ『魚歌』（他の歌集からの引用はない）、『定本詩集』、『冬夜思慕』と記した。

一、編註の「修正」欄に、著者自身による修正のうち判讀できたものを記載した。

一、編註の「參考」欄に、關聯作品と思われるものを擧げた。

解題・編註

本書には、八冊の自筆詩稿ノートと『天鵞絨』第二號（一九四六年十二月十五日發行）掲載作品二篇を収錄した。

詩稿ノートは、表紙に題とローマ數字が記された『夜の果てへ』（Ⅰ）、『ロマネスクな挽歌』（Ⅱ）、『ルナパアクの花』（Ⅲ）、『斷層』（Ⅵ〔Ⅳ〕）、『夜の果ての旅』（Ⅴ）の五冊、そして表紙に何も記されていない『焦土・雅歌』（假題　Ⅵ）、『落城・使徒行傳』（假題　Ⅶ）、『エディプス』（假題　Ⅷ）の三冊である。

『斷層』のローマ數字については後述する。無題の三冊は、語彙、書體、字體（略字が徐々に正字に置き換えられてゆく傾向がある）などから制作された順序を推定して排列した。

詩稿は、時計回りに九〇度回轉した大學ノートの奇數頁に青インクで記されており、複數頁にまたがる作品はない。ペン字の抹消や加筆もあるが、修正の大半は紙片の貼りつけによるものである。『ロマネスクな挽歌』の後書きに「一九四九年　聖母昇天祭（八月十五日）の夜」（七四頁）とあり、『焦土・雅歌』の二十枚目に「以上一九四九年」（二二六頁）とある。一九四九年とその前後の數年間が詩稿ノート作成に費やされたものと考えられる。

最初の五冊は、表紙に題名が記され、最初の頁にエピグラフが、巻末に收錄作品一覽が置かれるなど、一冊々々が獨立した詩集のように構成されている。

無題の三冊も、題名や収録作品一覧こそ欠いてはいるものの、やはり獨立した詩集として扱うべきもののように思われる。『焦土・雅歌』は一枚目にエピグラフが記され、巻末にも引用文が置かれている。『落城・使徒行傳』は、『夜の果ての旅』と同じように二つの連作から構成されている。『エディプス』は、一枚目を表紙あるいは扉に見立ててその中央に「詩抄　エディプス」と記し、二枚目にエピグラフを配している。

最初の五冊は、各種の数字や記號がいくつかの頁の餘白に記されている。雑誌掲載または選詩集刊行が目的の作品選別メモと考えられるものが多い。その主なものを次に擧げる。

a　作品タイトルの右上に青鉛筆で記された1から5までの算用数字、これは『夜の果てへ』所収の四篇と『ロマネスクな挽歌』の一篇、計五篇に附されている。すなわち、「そのころ」(2)、「Madame, c'est à quoi bon ?」(1)、「絶望の海」(3)、「二人」(4)、「愛の歌」(5)。

b　タイトルの上に丸印を、その右横に算用数字を小さな鉛筆書きで記したもの。2、4、5、7というふうに番號が飛んでいる（ただし數字が前後することはない）ことから、頁割りのメモと考えられる。五冊のノート（『夜の果ての旅』は第一部「運河病棟」のみ）から二十七篇が採られている。すなわち、「そのころ」(2)、「祝祭」(4)、「Madame, c'est à quoi bon ?」(5)、「夜明けの歌」(7)、「春」(9)、「出發」(10)、「絶望の海」(11)、「朝」(13)、「二人」(14)、「愛の歌」(16)、「滅亡」(17)、「霧」(18)、「生きる」(19)、「沙漠の二人」(20)、「敗れた人」(22)、「街」(24)、「街（ソノ二）」(26)、「空中サアカス」(28)、「沙漠の港」(31)、「廢墟の二人」(33)、「野分の風」(35)、「作品一番」(39)、「作品二番」(41)、「作品三番」(43)、「作品六番」(45)、「作品九番」(47)、「作品七番」(49)。

c　左下の餘白にペンで書きこまれた丸數字①②③。これは刊本において作品が占める頁數に對應するものと思われる。『夜の果てへ』、『ロマネスクな挽歌』、『ルナパアクの花』、『夜の果ての旅』（第二部「コオカサス」をふくむ）の四冊から二十二篇が選ばれている。すなわち、「朝」②、「二人」②、「愛の歌」②、「夜明け」①、「河口望見」①（近くに「小サイ活字」とも）、「生きる」②、「沙漠の二人」①、「敗れた人」②、「街（ソノ二）」②、「空中サアカス」②、「記憶」②、「沙漠の港」②、「廢墟の二人」②、「青蟲」①、「測量」①、「作品二番」②、「作品九番」②、「作品十三番」②、「作品七番」②（×印で抹消）、「鴉ニ　作品十五番」②、「歴史　作品十六番」①、「作品十八番」③。

『斷層』のローマ數字「Ⅵ」[6]は、次の理由で「Ⅳ」[4]を書き誤ったものと判斷し、修正した。

＊　現存するノートのなかに、表紙に「Ⅳ」と記したものがない。

＊　作品選別の痕跡b（丸印に添えられた數字）は、『斷層』では35が「野分の風」に振られているだけだが、それに先立つ33は『ルナパアクの花』（Ⅲ）の「廢墟の二人」に、直後の39は『夜の果ての旅』（Ⅴ）の「作品一番」に附されている。

＊　『夜の果ての旅』（Ⅴ）の第二部「コオカサス」は、假名に片假名を用いる逸見猶吉の流儀で書かれている。この流儀は『焦土・雅歌』の最初の十九篇に受け繼がれるが、『斷層』にそういう書き方の作品は一篇もない。

＊　『夜の果ての旅』、『焦土・雅歌』、『落城・使徒行傳』の三冊に特徴的な語彙、「蹣跚《ヨロメ》（く）」、「どつと／ドツト」、「今日も又」及びその表記ちがいは、『斷層』には一つも見いだされない。

また最初の五冊の清書文字はかなり小さなものだが、そのサイズが「コオカサス」末尾の「作品二十二番」（本書、一九一頁）に至って急に三割ほども增大し、『焦土・雅歌』はこの大きめの文字サイズを引き繼いでいる。したがって『斷層』、『夜の果ての旅』、『焦土・雅歌』の順序で作成されたと見るのが自然である。

　ところで『焦土・雅歌』は、「髮　ソノ一」（二二九頁）で平假名に復歸する。「荒地」（二三六頁）から、今度は漢字のハネが變化し、以前よりも高く跳ねあげられるようになる。この獨特の書體は、『落城・使徒行傳』から『エディプス』へとさらに練り上げられてゆく。

『落城・使徒行傳』と『エディプス』の先後は、獨特の句讀記號の用い方から判斷した。

『夜の果ての旅』と『焦土・雅歌』は、「髮　ソノ二」（二三一頁）という特殊な例外を除いて、まったく句讀點を用いていない。

『落城』で句讀點は復活するが、通常の記號の代りに極小の點を用いるというものだった。最初に登場するのは、一文字分の高さをもつ（つまり空白をともなった）記號であり、これは多く句點としてはたらく。「饑ゑ」（二五一頁）では、やはり極小の點が、それ自體の高さをもたない――したがってその有無が文字間隔に影響を及ぼさない――讀點記號として配置される。「泥濘」（二五四頁）には通常の句點が用いられるが、次の「落城」（二五五頁）からは、句點と讀點の區別が消滅し、それ自體の高さをもたない極小の點がもっぱら用いられる。

『使徒行傳』冒頭の四篇、「使徒」、「海峽」、「傳道」、「蛇使ひと使徒」（二六一―二六四頁）は、右に記した複數の方式のあいだで躊躇っている。續く「使徒昇天」（二六五頁）以降は、最後の方式、つまりそれ自體の高さをもたない、句點・讀點兼用の極小の點が用いられるようになり、それが『エディプス』に引き繼がれる。

『エディプス』に試行錯誤の跡はなく、他の方式は用いられていない。また文體も一段と磨きがかかっているように思われる。『落城・使徒行傳』以後の作と推定する。

ところで、題とローマ数字の通し番號が表紙に記された五冊の詩稿ノートは、五巻本の作品集として構想されているように思われる。第一巻が『夜の果てへ』、最終巻が『夜の果ての旅』と題されているのを見ると、どうしてもルイ＝フェルディナン・セリーヌの同名の長篇小説との關係を想定したくなる。しかし第二巻『ロマネスクな挽歌』のエピグラフがこの小説のエピグラフの借用であること以外に、その種の關係を示唆する要素としては、「漕役囚」（「霧」、五四頁）と「漕役船」（「沙漠の港」、八一頁）くらいしか見あたらない。物語の冒頭で「おれたちはみな、でっかい懲役船につながれて、ありったけの力で漕がされているようなもんさ」（セリーヌ『夜の果ての旅』、生田耕作譯、上巻、中公文庫、一九七八年、一〇頁〔二〇〇三年改版、一一頁〕）と語るバルダミュは、實際に「ガリー船の漕役人夫」（同書、二五八頁〔二九三頁〕）として、アフリカからニューヨークに向かう羽目になる。

具體的な字句の照應ではなく、小説の前書きに示される「旅」の觀念をこそ、この五巻に通底するものとして見さだめるべきなのかもしれない。

旅に出るのは、たしかに有益だ、旅は想像力を働かせる。これ以外のものはすべて失望と疲勞を與えるだけだ。僕の旅は完全に想像のものだ。それが強みだ。
それは生から死への旅だ。ひとも、けものも、街も、自然も一切が想像のものだ。これは小説、つまりまったくの作り話だ。辞書もそう定義している。まちがいない。
それに第一、これはだれにだってできることだ。目を閉じさえすればよい。
するとと人生の向こう側だ。（同書、六頁〔六頁〕）

夜の果てへ

縦二四八×横一七四ミリの大學ノート、全三十枚（二十七枚使用、二枚切取り）。

表紙に「夜の果てへ／Au Bout／de la Nuit……／I」とある。

また、表紙の右上に「23　⑥　10頁」、左下に「8」というメモが記されている。

「テエゼ」（本書、一四頁）と「夜明け」（一五頁）のあいだの一枚未使用。

「絶望の海」（二四頁）と「無言歌」（二五頁）のあいだの一枚、「内海の夜」（三〇頁）と「秋」（三一頁）のあいだの一枚が切り取られている。

3・1　〔エピグラフ〕
不滅のぼくは盲目ではなかつた
出典　エリュアール「まず、大いなる欲望が……」（『ある生の裏面あるいは人間ピラミッド』Paul ELUARD, « D'abord grand désir... », *Les dessous d'une vie ou La pyramide humaine* (1926), in *Œuvres complètes*, bibl. de la Pléiade, Gallimard, t. 1, 1968, p. 201)。

7・2　そのころ
そのころ　圍繞する外輪山は火を噴いてゐた。
註記　淺間山か。一九四四―四七年は毎年噴火し、一九四七年の噴火では十一名が犠牲になった。
参考　井上芳夫「高原に來て見たまえへ　今秋なのだ　その劇中劇／〔……〕／火を吐くあの山ふゝ燃えてらあ　燃えてるなあ」（「劇中劇」、『天鷲絨』第二號、二二―二三頁）。出口裕弘「眞近な大火山の赭土を奔騰させて俄かに風が荒れ始めた」（「戰後」、同誌、二八頁）。
修正　最終行「僕は眩い不滅のいのちを願つてゐた」（7・6）を貼紙抹消。

大輪の花

8・2　火山はかすかな噴煙をあげてゐた。
9・4　山は煙を增し　高原の木の葉は一夜の嵐で散りはてた
註記　編註7・2を參照。
8・9　もつと美しい國を夢見てゐた。
註記　自筆稿は「美い國」だが、前行の「自分の美しいのを」に合わせて「美しい國」とした。

Madame, c'est à quoi bon ?（マダム　みんな空しいことばかり）

17・8　信天翁に白ソオスをかけること
參考　齋藤史「白菜《はくさい》に白ソースなどかけられて我の祭壇は飾らるるなり」、「信天翁《あほうどり》をマストに泊める親しさはもはや天國に近づけるらし」（『魚歌』三〇頁）。

出發

22・3　二月十七日――鏡のない夜――輝く空
參考　スーポー「二月十七日　僕は出發した／どこへ？／地平線に煙が棚引いていた／僕は本の山を跳びこえた」（「歩け」、『羅針盤』Philippe Soupault, « Marche », *Rose des vents* (1919), in *Poésies complètes 1917-1937*, GLM, 1937, p. 40）。

無言歌

25・6　風笛の音が空を流れる

参考　齋藤史「夜となれば音色を變へる風笛よ空より來り空に流れぬ」（『魚歌』三六頁）

25・8　お前の髪で　空に沈默の網をひけ

参考　エリュアール「僕は全神經で作られた網を空中に曳いた」（『斷層』のエピグラフに採られた「不可能な夜明け」、本書、一二一頁）。

壮年

26・2　錫泥なき鏡

参考　エリュアール「ぼくは見えるものも見えないものも抹消し、錫泥《しゃくでい》なき鏡（un miroir sans tain）のなかに姿を消した。不滅のぼくは盲目ではなかつた」（「まず、大いなる欲望が……」、編註3・1を参照）。

内海の夜

29・6　手帳も投げた／手袋も投げた——／夜更けの內海に僕はすべてを見失つた

参考　齋藤史「內海を出でてゆくとき花を投げる手帖もなげるはや流れゆけ」（『魚歌』五九頁）。

秋

31・3　鏡のなかの　僕の眸を見る僕の眸を見る僕の眸

参考　スーポー「〔鏡の中に〕ぼくはぼくを見るぼくを見る」（『黄金の心』Philippe SOUPAULT, *Le cœur d'or*, Grasset, 1927, p. 170）。井上芳夫「ふゝ　薄の穂　薄の穂の先の薄の穂　その穂の先の薄の穂

の先の薄の穂」（「劇中劇」、『天鵞絨』第二號、二二頁）。

31・9　しほたれた道化の衣裳

参考　齋藤史「赤白の道化の服もしをれはて春はもうすでに舞臺裏なり」（『魚歌』二〇頁）。

朝

33・4　干汐《ヒキ》にとり殘された二つの死體はずつしりと半ば泥水にのめり込み

修正　「ずつしりと」は右横に加筆。

33・5　泡を立て　腐臭を發し　木切れ　藁屑に埋《ウヅモ》れてゐる——

修正　「藁切れや甲殼の屑に」の「藁」と「や甲殼の」をペンで抹消し、左横にそれぞれ「木」と「藁」を加筆。

33・6　——《駄目なのだ　あゝ　何もかも駄目なのだ

修正　「あゝ」は左横に加筆。

二人

35・1　二人

修正　「死について」を「二人」に貼紙修正。

をさむるところ

39・8　二人

修正　「水いらず」を「二人」に貼紙修正。

ロマネスクな挽歌

縦二五六×横一七七ミリの大學ノート、全三十枚（二十九枚使用、一枚切取り）。
表紙に「ロマネスクな挽歌／Ⅱ」とある。
「敗れた人」（六八頁）と「街」（六九頁）のあいだの一枚が切り取られている。

43・1　〔エピグラフ〕
うつそみは長き旅路ぞ〔……〕
出典　セリーヌ『夜の果ての旅』（Louis-Ferdinand Céline, *Voyage au bout de la nuit*, Gallimard, 1952, p. 4〔初版 Denoël, 1932〕）のエピグラフ。なお、原文の最終行は「スイス衛兵の歌、一七九三年」（*Chanson des Gardes suisses, 1793*）。

44・6　旅のこゝろ
——冬がくる
修正　「敗北の季節がくる」を「冬がくる」に貼紙修正。

45・9　愛の歌
アニエスよ　あゝ　それでよいのだ
修正　「あゝ」は左横に加筆。その下に續く「僕等の花は遺傳法則にはかゝはりがない」を貼紙抹消。

落花

46・3 五線紙のうへに花片が舞ふ

参考 齋藤史「五線紙に花散りやまずあたたかに黒い挽歌も音色ふくみぬ」（『魚歌』一九頁）。

朝

47・5 暗い眼窩に鹽水を流し

参考 齋藤史「あをい眼窠に透明な水たたへられちかちかと食《は》む魚棲みにけり」（『魚歌』三一頁）。

滅亡

52・4 無限の大渦を描いてゐた

修正 「はるかな」を縦線で抹消した右横に「無限の」と加筆。さらに「無限の」に貼紙修正。

長雨

53・3 僕等は話した　遠い氷原の吹雪について　また奇怪な傳説の附きまとふ極地の馴鹿の話をした

参考 齋藤史「べうべうと北の氷原のふぶく日はわれのけものもうそぶき止まぬ」、「馴鹿《となかい》を馭してかへる日遠ざかる街ははじめて美しかりき」（『魚歌』五七頁）。

53・8 僕等の虚しい夢のみが

修正 「儚ない」を縦線で抹消した右横に「むなしい」と加筆。さらに「虚しい」に貼紙修正。

生きる

55・9　年年

修正　「毎年」の「毎」を縦線で抹消した右横に「年」と加筆。さらに「年」に貼紙修正。

話し

56・2　お前は話した　愛情について

修正　續く「疲れたやうに」に縦線を引いた後、貼紙で抹消。

56・3　お前は話した　別れについて

修正　續く「躊躇ひがちに」に縦線を引いた後、貼紙で抹消。

影

60・5　疲れた僕等が　震へる指にセント・エルモの火をともし　霧深い夜明けの街に〔……〕

参考　齋藤史「指先にセント・エルモの火をともし霧ふかき日を人に交れり」（『魚歌』一八頁）。

歸り

61・2　それなのに……

修正　「それさへ……」を「それなのに……」に貼紙修正。

沙漠の二人

65・7　二人の名前

修正　「お互いの名が木靈となつて」の「お互いの名」を「二人の名前」に貼紙修正。

港

66・*2*　棕梠の葉は神話のやうに空を青んだ

参考　出口裕弘「烈風に斷れて／暮の雪は不思議な説話のやうに青んだ」（「終焉」、『天鵞絨』第二號、八頁）。

66・3　そのあたり　銃聲に驚いて　鳩は紙片の雪のやうに空に散つた

修正　「午后一時」を「そのあたり」に貼紙修正。

66・4　午后一時　港の見える僕等の部屋　飴色のお前の生毛《ウブ》　生毛の謎《パズル》……睡つてゐる

修正　「租界の東南」を「午后一時」に貼紙修正。

街

69・6　――また　戰争が始まるのね……

参考　出口裕弘「戰争だ／又戰争が始まつたのだ………」（「戰争」、『天鵞絨』創刊號、一七頁）。

69・7　今日も又踊り疲れた地下劇場の夜の酒場で　白々とお前の指が　變に神經的に痙攣《ヒキツ》つてゐた

修正　前行「踊り疲れた地下劇場の夜の酒場で　白々とお前の指が　變に神經的に痙攣《ヒキツ》つてゐた」を貼紙抹消した次の行に書かれている。すなわち「今日も又」は後の加筆。

街（ソノ二）

70・4　ミモザの花を混沌の泥土に埋め

修正　「混沌たる泥土」の「たる」を「の」に貼紙修正。

記憶

73・2　エネメル靴を穿いた僕等の滅亡——滅亡の渕邊に咲いた僕等の戀

修正　「僕等の絶望——絶望の渕邊」の二つの「絶望」を縦線で抹消し、右横に「滅亡」を加筆。

73・5　腰掛けが倒れ　くづれゆく紙片の花……

修正　「腰掛けが倒れる」の最後の「る」を抹消し、下方に「くづれゆく紙片の花……」を加筆。

73・6　今宵また痙攣《ヒキツ》る顳顬をもみながら

修正　「今宵また」を「痙攣《ヒキツ》る顳顬をもみながら」の上方に加筆。

〔あとがき〕

74・6　一九四九年　聖母昇天祭の夜

註記　聖母（被）昇天祭は八月十五日。

ルナパアクの花

縦二五三×横一七八ミリの大學ノート、三十枚（二十九枚使用、一枚切取り）。

表紙に「ルナパアクの花／Ⅲ」とある。

また、表紙の右上に「4頁　③」、左下に「4 (1)」というメモが記されている。

「舞臺」（一〇〇頁）と「冬」（一〇一頁）のあいだの一枚が切り取られている。

〔エピグラフ〕

79・1　また　あなたのこと?／さやう　永久に〔……〕
出典　スーポー『黄金の心』第一部のエピグラフ（Philippe Soupault, *Le cœur d'or*, Grasset, 1927, p. 7）。

廢墟の二人

84・3　裂けた眼窠に清冽な眞水を滿たし
参考　齋藤史「あをい眼窠に透明な水たたへられちかちかと食《は》む魚棲みにけり」（『魚歌』三一頁）。
84・4　僕等は靜かに泥土のなかを横たはつてゐた
参考　齋藤史「まつすぐにものをこそ視むとねがひしか泥土の中の死にたるさまも」（『魚歌』五一頁）。
84・9　――さりげなく掟はめぐる……
参考　齋藤史「疲れては身じろぎもせぬわが上にも星座の掟きびしかるべし」、「うつくしき掟は徐徐にめぐるべし冬の魚などを焼きて待ちつつ」（『魚歌』二〇頁、六一頁）。
85・3　冷い二人の體光をかすかに亂反射させながら
参考　齋藤史「霧の中にかがやかぬ灯をあざわらひわが體光をともしたりけり」（『魚歌』四八頁）。

初夏

88・8　掛合漫才をすることでせう
修正　「するでせう」の「でせう」を「ことでせう」に貼紙修正。

五月の歌

91・3　赤白のダンダラ縞の衣裳をまとひ

参考　齋藤史「赤白の道化の服もしをれはて春はもうすでに舞臺裏なり」（『魚歌』二〇頁）。

91・9　《諸君　あれが感傷家ルイ・ナポレオン氏です
参考　バンジャマン・ペレ「ナポレオン三世〔ルイ・ナポレオン〕の話をする女性にどこかで會ったら、葉巻をすすめ、湯治をさせにスペインに連れていってやりたまえ」（「サン・ジェルマン大通り　一二五番地」 Benjamin Péret, « Au 125 du boulevard Saint-Germain», in *Main Forte*, Editions de la Revue Fontaine, coll. l'Âge d'or, 1946, p. 24; *Œuvres complètes*, t 3, Eric Losfeld, 1979, p. 36）。

92・6　映し見ながら
ルナパアクの夜
修正　「映して見せる」の「て見せる」を「見ながら」に貼紙修正。

96・2　手帳を抱いて　街をゆき……／矢車草をさして　海へ出る……／／紙片も　枯れた花束も
波止場の暗流へ投げすてる
夜・出發
参考　齋藤史「內海を出でてゆくとき花を投げる手帖もなげるはや流れゆけ」（『魚歌』五九頁）。

98・1　破れた空《カラ》の旅行鞄《トランク》に　遠い太洋の激浪が　どう〳〵と黝《クラ》い轟きを上げてゐるのを
上汐・空のトランク
註記　「空のトランク」はドリュ・ラ・ロッシェルの中篇小説の題名（Pierre Drieu La Rochelle, « La Valise vide », in *Plainte contre l'inconnu*, Gallimard, 1924）だが、右に引いた詩句にかぎらず、この詩のどの部分をとってみても、關係のありそうな場面や字句は、小説「空のトランク」

には見あたらない。
小說自體ではなく、バンジャマン・クレミューが『不安と再建』に記した評言に觸發されて生れた詩であるように思われる。すなわち、「ドリュ・ラ・ロッシェルはそういう氣分を描く代表的な作家の一人であるが……不定形で一貫性を缺く、それらの若者を定義する、表現力ゆたかで的確な言いまわしを見いだし、作品の一つの題名にした。彼らを「空のトランク」と呼んだのである」(Benjamin Crémieux, *Inquiétude et Reconstruction*, Ed. R.-A. Corrêa, 1931, p. 97-98)。
なお、著者が「翻譯の練習のためにぜんぶ譯した」と語っていた『不安と再建』の譯稿が、遺品整理の結果發見された。

102・4 斷片
曉闇　兵は盡く傷《キズツ》き斃れ　無援の銃坐は音もなく崩れていつた
參考　齋藤史「銃座崩れことをはりゆく物音も闇の奥がに探りて聞けり」(『魚歌』四〇頁)。

105・3 道化について
赤白の縞の衣裳を襤褸《ランル》のやうに身に裳ひ
參考　齋藤史「赤白の道化の服もしをれはて春はもうすでに舞臺裏なり」(『魚歌』二〇頁)。

107・2 地
とほい記憶の斷層に　濛々と渦卷く煙
參考　小野田秀夫「幾億年／今日もまた／虛ろに灰色の雲は渦卷いてゐる／／私は／思想の斷層

に／きらめく冬の華を夢みてゐる」（『思想』、『天鷲絨』第二號、二五頁）。

107・5 ……高壓線の　鋭い唸りを耳にしながら

參考　高橋進一「高壓線は一すぢ遠い唸りを呼び」（『乙鳥』、『天鷲絨』創刊號、二〇頁）。

112・6 黄昏歌
お前の頬の體光が

參考　齋藤史「霧の中にかがやかぬ灯をあざわらひわが體光をともしたりけり」（『魚歌』四八頁）。

斷層

縦二五二×横一八二ミリの大學ノート、四十二枚（十七枚使用）。
表紙に「斷層／Ⅵ」とあるが、Ⅵ《6》はⅣ《4》の誤記と思われる。修正した。
「風」（一四三頁）と「をさむるところ」（一四五頁）のあいだの二十五枚未使用。
最後の一枚の表は白紙だが、裏面に次の文が走り書きのような文字で記されている。

當代著名ナ哲學者デアル父ト、無名ノソプラノ歌手デアツタ母トノ間ニ、昭和五年、全クカリソメニ生レタ一人ノ男ガ、ソレカラ二十年、數々ノ罪ヲヲカシ、オノレノ暗イ閲歴ノソノタヘガタイ重ミニ押シツブサレ、押シツブサレテセメテ一瞬タリトモソノ苦シミカラ逃レンモノト、酒ヲ飲ミ阿片ヲ喫ヒ、芝居ガヽツタ戀ヲシテ、四六時中、見ルモ無殘ナ嘘ヲツキ、ソシテ時ニハ赤旗ヤインターナショナルノ歌モウタツテ、併シソレデモドウニモナラズ、日モ夜モクライ死ノ想念ニ脅カサレ、十數回モ自殺ヲ企テ、アマツサヘソノ一ツビトツニ失敗シ、命ヲトリトメ、今ハモウ死ヌデモナク、生キルデモナク、事際《ママ》文字通リ駄目ニナツテ、毎日無駄ナ御飯ヲ食ベツヾケ、ソノアヒマアヒマニ書キツヾツタノガコノ詩稿デアリ云々。

「未知の人」（本書、三六―三七頁）と同種のエピローグの草案と思われる。『斷層』のためのものなら「をさむるところ」よりも前に清書稿が置かれるはずだが、そうはなっていない。同じ頁の右餘白に「45字／16行／720字／9ポ」と記されているところから、刊行を計畫していた選詩集のために書かれたものと推測される。

121・1　〔エピグラフ〕

かやうな夜にこそ　巧みな賭博者〔……〕

出典　エリュアール「不可能な夜明け」（『ある生の裏面あるいは人間《ピラミッド》』Paul Eluard, « L'aube impossible », *Les dessous d'une vie ou La pyramide humaine* (1926), in *Œuvres complètes*, ed. cit., t. 1, p. 206）。

126・3

沈む街

——冷え〳〵と　虚ろなものが射し込めてゐた

修正　「白々と」を「——」に貼紙修正。

128・1

革命

あゝ　世界はかうして創られるのだ……　私《ワタシ》は去らう　行つて　極北の人とならう

参考　菱山修三「サン・ジャン、世界はこのやうに造られてゐる」（「極北の人」、『懸崖』、第一書房、

一九三一年、一七頁／『菱山修三全詩集』I、思潮社、一九七九年、二五頁）。

129・5　春
——無人の原にガラスの破片を投げ棄てること
参考　小野田秀夫「ちらばれる硝子破片のさんらんとその寂しさに涙す吾は」（『冬夜思慕』二八頁）。

130・8　日暮れの歌
觀客から舞臺の表は見えないにしろ　舞臺から舞臺は　絶えずまる見えであるといふ
参考　井上芳夫「觀客から舞臺は見えても　舞臺で舞臺は見えない」（「SALUS AETERNA」、『天鵞絨』第二號、三〇頁）。

130・10　そのことが　餘りに嚴しい一途の眞《シン》であることを
修正　「たゞ　それだけが」を「そのことが」に貼紙修正。

140・9　青葉
みんな　起き上る力はすでに持たない
修正　「すでにないのだ」の「ないのだ」を「持たない」に貼紙修正。

夜の果ての旅

縦二五五×横一七三ミリの大學ノート、三十枚（二十六枚使用、三枚切取り）。

表紙に「夜の果ての旅／運河病棟／コオカサス／V」とある。

また、表紙の右上に「18頁　65」、「3中表紙　2目次　1エピローグ　1〔または斜線〕アトガキ」、「⑨　㊽　41」、左下に「21　8」というメモが記されている。

「作品二番」（一五三頁）と「作品四番」（一五四頁）のあいだの一枚、「作品六番」（一六一頁）と「作品九番」（一六二頁）のあいだの二枚が切り取られている。

最後の一枚は未使用。

なお、詩稿ノートの本文中に「運河病棟」、「コオカサス」は記されていない。本書では、収録作品一覧（本書、一九五頁）によって扉（一四九頁、一七五頁）を設けた。

148・1　〔エピグラフ〕
顱頂ちかく水の流れるたまゆらの臓腑は魚にくれてやらうよ
出典　小野田秀夫「顱頂近く水の流れる瑠璃色の臓腑は魚にくれてやらうよ」、「たまゆらは時空も消えよ日も停れこゝに相抱く君と吾れ二人」（『冬夜思慕』三〇頁、二九頁）。

151・4　作品一番
病室の　張り出し窓の　向ふには／赤黝い　運河の水が　音もなく流れ
註記　作者が氣胸治療のために通った神田駿河臺の三樂病院か。

153・9　作品二番
くづれた二人の肉體を乗せて

修正　「二人のくづれた肉體」の「二人の」を縦線で抹消し、右横に「二人の」を加筆。

作品四番

155・5　あゝ　今日も　西風に煽られて　黝々と渦巻いてゐる　一つの斷層　ひとつの斷層

参考　小野田秀夫「幾億年／今日もまた／虚ろに灰色の雲は渦巻いてゐる／／私は／思想の斷層に／きらめく冬の華を夢みてゐる」（「思想」、『天鵞絨』第二號、二五頁）。

作品八番

165・3　私をつゝむ　盲目の　闇のそこひに

修正　「漆黒の」を「盲目の」に貼紙修正。

作品十番

166・8　がう〳〵と　暗夜の原を　突き抜けてゆく　鉛の彈道に　手を振りながら

修正　「盲目の原野」を「暗夜の原」に貼紙修正。

参考　齋藤史「春を斷《き》る白い彈道に飛び乘つて手など振つたがつひにかへらぬ」（『魚歌』三八頁）。

作品十二番

168・2　紅鱒を戀ふ〔……〕顱頂に近く〔……〕夜ひかる　湖底の水に　くだけゆく　眼窩を浸し
〔……〕瑠璃色の　雌雄の魚の〔……〕祕かな合歡を　祝祭《コトホ》ぐことを

参考　小野田秀夫「とある日わが肋骨に紅鱒の二匹やさしく合歡をせり」、「顱頂近く水の流れる瑠璃色の臟腑は魚にくれてやらうよ」、「今更に何をか言はむ夜光るその航跡のまさきくもあれよ」、「わが眼窩既に洗はれ藻のかげに水晶體は鮒を意識す」（『冬夜思慕』三〇頁）。

168・5　湖底の水に　くだけゆく　眼窩を浸し

参考　齋藤史「あをい眼窠に透明な水たたへられちかちかと食む魚棲みにけり」（『魚歌』三一頁）。

168・6　羊歯の疎林に／困憊《ツカ》れた　二人の　肢體を埋め

参考　齋藤史「羊歯の林に友ら倒れて幾世經ぬ視界を覆ふしだの葉の色」（『魚歌』三八頁）。

北方の歌　作品十四番

177・4　ソノトキ　俺ハ立ツテキタノカ〔……〕外套ハ枝ニ吊サレ／暗夜ノ空へ　グングン上汐ガ高クナル　北方

参考　逸見猶吉「ソノ時オレハ歩イテキタ　ソノ時／外套ハ枝ニ吊ラレテアツタカ〔……〕血ヲ流ス北方」（「報告」、『定本詩集』一八頁）。

龜裂　作品十七番

182・2　空ヲ切ル白イ彈道ニトビ乗ツテイツタ

182・4　ソノトキ　アイツハ笑ツテキタカ　手ヲ振ツテキタカ

参考　齋藤史「春を斷《き》る白い彈道に飛び乗つて手など振つたがつひにかへらぬ」（『魚歌』三八頁）。

作品十九番

185・3　酷暑ノ晝ハ　タナムキニ　スデニ息ヅク力モナク

参考　小野田秀夫「黄金《キン》の斜《シャ》の線は／腕《タナムキ》に伸び　日をさしまねく」（「貝は死したり」、『天鷲絨』第二號、二六頁）。

185・9　——ア、　今更　俺ハ何ヲカ言ハウ
参考　小野田秀夫「今更に何をか言はむ夜光るその航跡のまさきくもあれよ」（『冬夜思慕』三〇頁）。
186・3　——友ヨ　ソレヲシモ　雪崩レクル記憶トイヒ　鴉トイフノカ
修正　「ソレスラモ」を「ソレヲシモ」に貼紙修正。

作品二十番

187・3　蒼ザメタ流砂ノハテノ　ユフグレノ
参考　逸見猶吉「酒精と星々の拉ぎあふ死の穹窿を、諸手に抱きこんでゐる流沙の涯だ」、「流沙の涯へ沈んでゆく」（「燼」、『定本詩集』六二頁、六四頁）。
187・5　霙トナツテ　ドツト砕ケル　昏迷ノ
参考　逸見猶吉「霙フル／ドツト傾ク」（「ベエリング」、『定本詩集』一六頁）。
187・6　クライ氣圏ノ密度ノ底ニ
参考　逸見猶吉「遠イ氣圏ノ底」（「檻」、『定本詩集』四二頁）。
187・9　……ア、　白楡《にれ》ノ林ニ　俺ノネガヒハ酷烈ナ吹雪ヲマハセ
参考　逸見猶吉「白楡ノ叫ビニ耳ヲタテル」（「ベエリング」、『定本詩集』一六頁）。

作品二十一番　コオカサス

189・9　コノユフベ　暗然ト　君ハ酒盃ノ手ヲヤスメ
参考　逸見猶吉「君ハモウ酒杯ヲ取ラウトシナイ」（「ベエリング」、『定本詩集』一六頁）。
190・5　ソ、リ立ツ白楡ノ梢ノハテニ／ヒモスガラ　風スサビ　渦巻キカヘル　コオカサス

参考　逸見猶吉「白楡ノ叫ビニ耳ヲタテル」（「ペエリング」、『定本詩集』一六頁）。

192・2　作品二十二番

今サラ何ヲナサントスルノカ〔……〕ア、　コノタ　夜ヒカル鐵路ノキハニ

参考　小野田秀夫「今更に何をか言はむ夜光るその航跡のまさきくもあれよ」（『冬夜思慕』三〇頁）。

194・1　〔巻末引用文〕

いまさらに何をか云はむ夜光るその航跡のまさきくもあれよ

出典　小野田秀夫「今更に何をか言はむ夜光るその航跡のまさきくもあれよ」（前註参照）。

焦土・雅歌

縦二五五ミリ×横一七六ミリの大學ノート、三十八枚（三十枚使用、三枚切取り）。

表紙には何も書かれていない。収録作品二篇の題名をとって假に「焦土・雅歌」と呼ぶ。

表紙の次のINDEX一枚は未使用。

「ヴィラ」（二二一頁）と「銃獵」（二二二頁）のあいだの一枚、「髮　ソノ五」（二三五頁）と「荒地」（二三六頁）のあいだの一枚、「荒地」（二三七頁）と「雅歌」（二三八頁）のあいだの一枚が切り取られている。

最後の五枚は未使用。

199・1　〔エピグラフ〕
マダム　みんな空しいことばかり
出典　「Madame, c'est à quoi bon ?（マダム　みんな空しいことばかり）」（本書、一七頁）。

墓碑

201・1　斷層丘頭　トハニ眠ル　無頼ノ人
参考　作者不詳「若き無頼の魂一つ眠る」（小野田秀夫『冬夜思慕』の序詞、一二頁）。

201・6　聲モナク崩レル　穂高ノ山　乗鞍ノ峯
参考　西野昇治「凄じき夢の續きか斷層の崩るゝ如く顳顬痛む」（『縄紋』、『方法的制覇』第十號、一九八三年六月、四八頁）。
註記　この詩は、一九四九年八月に自殺した西野昇治の「墓碑」として書かれたと推測される。西野はそれ以前に「一度乗鞍岳で自殺に失敗したことが」ある（出口裕弘「小野田秀夫と西野昇治」、『方法的制覇』第十號、七頁／『澁澤龍彥の手紙』朝日新聞社、一九九七年、二一九頁）。

外科病院

203・2　プロコカインノアムプルト
註記　「プロカイン」の誤りと思われる。あるいは意圖的な誤記か。

ゴルゴダ

208・7　――飢ヱタル母ハ　土偶ノヤウナ幼ナ子ヲ抱キ〔……〕ア丶　當テモナク蹣跚イテユク

参考　ヨロメイテユク

ルネ・シャール「街の雑踏からひとり離れ、女は子供を両腕にだいて立っていた。なかば熔けさった火山が火口をだきしめていたように。女は子供の耳にささやいていた。ささやきは彼女の頭のなかを静かにかけめぐり、それから、昏睡に落ちた口に孔あけて外にあふれでた。母と子のうち、一人は星の殻ほどの重さもなかったが、くらい困憊《こんぱい》が二人の姿からにじみでていた。困憊の水はかたまることもなく、いつまでも街路のうえを流れていった。それは貧しい人々の冬にさきがけた終末だった。

よろめく二人の肉體のなかへ、地とすれすれに夜が静かにしのびよってきた。二人の目のなかに映った世界は、もういさかいの絶えた世界であった。むかしの争いは、すべて日暮れに消し去られていた。」（「原質」、『詩人の光榮』世界抵抗詩刊行會編〔翻譯者名不記〕、大月書店、一九五一年、七二―七三頁）。

最初の段落は、卒業論文『平和のための闘いと戦后の民主的詩運動』に引用されている（『荒野《あらの》にて　野澤協評論集成』、法政大學出版局、二〇一八年、一五八頁）。讀點以外は同一の譯文なので、『詩人の光榮』の「原質」も野澤協譯と考えられる。

208・10　幼ナ子ハ　凝然ト暮色ニアヲム眥《〔マナジリ〕》ヲハリ

修正　「蒼然ト」の「蒼」を「凝」に貼紙修正。

210・6　木靴ヲ穿イテ　今日モマタ　海ヘノ襞ヲ下リテユク

参考　齋藤史「木靴はいて湖《うみ》への段《きだ》を降りゆけり夜霧も水も底ひはあらぬ」（『魚歌』三五頁）。

210・11　引キマトフ襤褸ノ胸ニ

涯

参考　齋藤史「非常に遠く笛なり出づるけはひなり襤褸《らんる》といふも身にひきまとへ」（『魚歌』五五頁）。

215・4
焦土
群衆ハ兇器ノヤウニ四散シテキタ
修正　「鳴動《ドヨメ》イテキタ」の「鳴動《ドヨメ》イテ」を「四散シテ」に貼紙修正。

216・2
夜更ケノ星ガ炎トナツテ舞ヒ落チテキタ
修正　「非常ノ星」の「非常」を「夜更ケ」に貼紙修正。

222・5
銃獵
――一聲　喪服ノヤウニ／トホイ沼地デ　銃彈ノ響キ
修正　「喪服ノヤウニ」を「一聲　喪服ノヤウニ」に貼紙修正。
修正　「銃聲ノ響キ」の「聲」を「彈」に貼紙修正。

223・3
落下
肌ヲ銜ク　海面四百八十米ノ疾風
参考　作者不詳「水面下四百七十米」（小野田秀夫『冬夜思慕』の序詞、一二頁）。
修正　「風速」を「疾風」に貼紙修正。

228・3
井戸
流砂ノ底ノ〔……〕今日モ又　眩クヤウナゴビノ太陽

参考　逸見猶吉「西はゴビより陰山の北を驅つて／つねに移動して止まぬ大流沙がある」（「人傑地靈」、『定本詩集』一一八頁）。

229・10　髪　ソノ一

一點　きたかぜに蒼い指先の灯をともし

参考　齋藤史「指先にセント・エルモの火をともし霧ふかき日を人に交れり」（『魚歌』一八頁）。

240・10　入水

巖《イハホ》を廻《メグ》りひとしきり消えがてな櫓櫂《〔ロカイ〕》の聲を聞いたのは

参考　三好達治「この湖水で人が死んだのだ／それであんなにたくさん舟が出てゐるのだ〔……〕風が吹いて　水を切る艪の音櫂の音」（「湖水」、『測量船』、第一書房、一九三〇年〔日本近代文學館による復刻版、一九七三年〕、一六―一七頁）。

註記　三好の「湖水」は、水死に疑問を呈している。「葦と藻草の　どこに死骸はかくれてしまつたのか〔……〕ああ誰《た》れかがそれを知つてゐるのか／この湖水で夜明けに人が死んだのだと／／誰れかがほんとに知つてゐるのか」

「入水」は「湖水」のいわば後日談を記したもののように思われる。

242・1　〔巻末引用文〕

せめて言つてくれ／それでよかつたと／たゞ一言／（太宰）

出典　不詳。

落城・使徒行傳

縦二六〇ミリ×横一八六ミリの大學ノート（『エディプス』のノートと同じ製品）、四十枚（二十五枚使用、五枚切取り）。

表紙には何も書かれていない。收錄された二つの連作の題名をとって假に「落城・使徒行傳」と呼ぶ。

「行軍」（二五〇頁）と「饑ゑ」（二五一頁）のあいだの一枚、「劇場」（二五二頁）と「落城」（二五三頁）のあいだの一枚、「泥濘」（二五四頁）と「落城」（二五五頁）のあいだの一枚、「記憶」（二六六頁）と「岬」（二六七頁）のあいだの一枚、「墓所」（二七二頁）と「海洋」（二七三頁）のあいだの一枚が切り取られている。

最後の十枚は未使用。

詩稿ノートでは、「落城」と「使徒行傳」及びそのエピグラフは、それぞれの連作の最初の作品が占める頁の右端に記されている。本書では、扉を立て、エピグラフも別頁に獨立させた。

落城

253・2　頭上の空を鴉の群が
修正　「頭上の空には」の「には」を「を」に貼紙修正。

260・1　〔エピグラフ〕
電光《イナヅマ》の東より〔……〕その死骸《シカバネ》のある處には鷲あつまらん／愚かなる者は〔……〕

出典　マタイ傳二四章二七―二八節、同二五章三節。ただし前者を、日本聖書協會『中形引照つき文語聖書』一九七五年版は、「〔……〕それ死骸《しがい》のある處には〔……〕」（五二頁）とする。

エディプス

縦二六〇ミリ×横一八六ミリの大學ノート（『落城・使徒行傳』のノートと同じ製品）、三十八枚（二十枚使用、二枚切取り）。

表紙には何も書かれていない。収録された「詩抄　エディプス」から假に「エディプス」と呼ぶ。「ソノ十七　追放者」（二九五頁）と「ソノ十八　創世紀」（二九六頁）のあいだの一枚、「ソノ十八　創世紀」（二九六頁）の次の一枚が切り取られている。最後の十六枚は未使用。

ソノ一　序

279・3　大空にカンナの花が燃え上つてゐる

修正　「燃え上つてゆく」の「ゆく」を「ゐる」に貼紙修正。

ソノ五　亂倫の歌

283・4　昏い原野に黑馬《コクバ》を驅つてはせ廻つてゆく

修正　「昏い原野を」の「を」を「に」に貼紙修正。

ソノ九　青い家

287・4　夕映えがカールのやうに落ちかゝる頃

參考　齋藤史「夕霧は捲毛《カール》のやうにほぐれ來てえにしだの藪も馬もかなはぬ」（『魚歌』三五頁）。

『天鵞絨』第二號掲載作品

『天鵞絨』は浦和高等學校文藝部パンの會（詩研究會）の同人誌。創刊號（編輯者　井上芳夫、印刷者・發行者　平岡昇、發行所　浦高文藝部パンの會）は一九四六年七月十五日發行。第二號（編輯者　出口裕弘・小野田秀夫、印刷者・發行者　井上芳夫、發行所　浦和高等學校文藝部）は同年十二月十五日發行。

『天鵞絨』第二號は横一二六×縦一七七ミリ、全三十二頁。表紙に「VELUDO / VOL II」とあり、裏表紙には奥付が印刷されている。

第二號に掲載された「投身」（同誌一一―一二頁、本書二九九―三〇一頁）と「かうもり」（同誌一三頁、本書三〇二頁）の二篇を本書に收録した。

「後記」の小野田秀夫執筆分は、「創刊後半歳の同人の精進の結晶である本號は象徴の高さに詩魂をやる井上〔芳夫〕、蒼空獨往の高橋〔進一〕、常に先驅者の道を往く林田〔昭一〕、深く抒情に沈潛する中原〔勝儼〕の四兄、重厚な出口〔裕弘〕、清新な高橋和明の兩君に更に西野〔昇治〕、野澤〔協〕、管野《ママ》〔昭正〕、白石〔一郎〕の新鋭諸君の詩稿を得て尚混迷を脱し切れぬ我が詩界の一新風を以て任ずるものである」と結ばれている。

「後記」の末尾に「尚第三號は來年三月刊行豫定乞御期待　編輯部」とあるが、第三號が刊行された形跡はない。

詩人　野澤協

ここにまとめられた詩作品の作者は、二〇一五年十一月十八日、フランス思想史研究の泰斗として世を去った。

遺品を整理する過程で、八册の大學ノートに清書された約百八十篇の詩が發見された。すくなくともその大半は舊制浦和高等學校在學中に書かれたものと推測される。

生前、故人は「昔は詩人になりたいと思っていた」とご家族の前で洩らしたことがあるという。東京都立大學大學院でその教えを受けた編者も、本人の口から「若い頃はスーポーばりの詩を書いていた」と聞かされた。しかし、「大したものではなかった」と言いたげなその口ぶりに、詳しい話をせがむのはためらわれた。

それが實際には、驚歎すべき作品群だったのである。先行作家の影響がいささかすなおに出すぎていると思われるものもあるが、それでもそこには獨自の論理があり、組立てがあり、調べがある。とりわけ最後期の散文詩連作にあっては、七十年近い時を隔てたいまもなお色褪せることのない獨自の詩的言語が、一つの異世界を構築している。

本書には、上述の作品群に加えて、浦和高等學校文藝部パンの會（詩研究會）の同人誌『天鵞絨』第二號（一九四六年）に掲載された二篇の詩を收録する。

＊＊

一九三〇年二月一日、ダムを建造する土木技師である野澤巳代作と哲學者・田邊元の妹よし（淑）とのあいだに生れた詩人は、捕蟲網を手に野山を驅けまわる「健康優良兒」だった。「詩はおろか、文學などというものには……まったく緣がなかった」（野澤敬「敍情との別れ」、『回想　野澤協』、私家版、二〇一八年、五一―五二頁）らしい。

この自然兒はいつのまにか軍國少年になっていた。敗戰の年、一九四五年に詩人は、當時廣島縣江田島にあった海軍兵學校に入學する。

栗田健男校長（海軍中將）の「離別ノ訓示」によれば、詩人を待ち受けていたのは、まことに苛酷な日々だった（有終會編『續・海軍兵學校沿革』、原書房、一九七八年、三五六頁）。

諸子ハ時恰モ大東亞戰爭中、志ヲ立テ身ヲ挺シテ皇國護持ノ御楯タランコトヲ期シ選バ〔■〕レテ本校ニ入ルヤ、嚴格ナル校規ノ下加フルニ日夜ヲ分タザル敵ノ空襲下ニ在リテ、克ク將校生徒タルノ本分ヲ自覺シ、拮据精勵一日モ早ク實戰場裡ニ特攻ノ華トシテ活躍センコトヲ希ヒタリ、又本年三月ヨリ防空緊急諸作業開始セラルルヤ、鐵槌ヲ振ルツテ堅巖ニ挑ミ、或ハ物品ノ疎開ニ建造物ノ解毀作業ニ、或ハ又簡易教室ノ建造ニ自活諸作業ニ、酷暑ト鬪ヒ勞ヲ厭ハズ盡瘁《〔ジンスイ〕》之努メタリ

ここには記されていないが、江田島からは原爆の閃光とキノコ雲が眺められた。詩人は原

爆投下後に廣島市に赴いたため入市被曝者となっている。

ところで、兵學校の「嚴格ナル校規」は、理不盡な一方的暴力を排除するものではなかったらしい。上級生による過酷なリンチに耐えかねて自殺した友人が「俳句や短歌をやる氣のやさしい少年」（『トロイの木馬』の譯者　野澤協氏」、『荒野《あらの》にて　野澤協評論集成』法政大學出版局、二〇一八年、三四三頁）であったことが、ひょっとすると文學への目ざめを促したのかもしれない、兵學校解散後、東京府立第十三中學校に復學した詩人は文學を、とりわけ詩を愛好するようになる。

翌四六年、浦和高等學校（舊制）に入學。

文藝部の詩研究會「パンの會」が一九四六年七月十五日に發行した『天鵞絨』創刊號の同人名簿に詩人は名を連ねている。

同年十二月十五日發行の第二號に、詩人は「投身」と「かうもり」（本書二九九―三〇二頁）を發表する。

當時、文藝部には、一級上に、後にフランス文學の名翻譯家・小説家となった出口裕弘や少なからぬ數の秀歌を殘して夭逝した小野田秀夫がおり、二級上には、卒業後、助監督として大映に入社した井上芳夫、そして無機化學の研究者として大成する中原勝儼《まさよし》がいた。この三人に加えて、同期入學の白石一郎と西野昇治（いずれも數年後に自死を遂げる）も、『天鵞絨』に詩作品を發表している。

また一級上の澁澤龍彥（文藝部ではなく野球部に所屬）とは、白石、西野とともに、原書で現代フランス文學を讀む會を組織している（澁澤龍彥「一冊の本―コクトー『大胯びらき』」、『澁

澤龍彦全集』第十七巻、河出書房新社、一九九四年、一二八頁)。

翌四七年、詩人は、肺結核のため一年間の休學を餘儀なくされる。休學中も、詩集か詩の同人誌の出版を計畫していたらしく、その相談のために文藝部の仲間が家を訪れていた。ただしその計畫が實現したかどうかは明らかではない。

またこの時期に二度自殺を圖ったとも傳えられている(野澤浩「父・野澤協」、『回想　野澤協』一九九頁)。後年の詩人は、「軍隊で死ぬことをたたきこまれた少年にとって、將來生きつづけることができるということが不自然に感じられてならなかった」(「『トロイの木馬』の譯者　野澤協氏」三四三頁)と述懐しているが、そういう明快な定式化からは洩れ出てしまうものも、また多くあったにちがいない。とりわけ詩稿ノートの第一冊『夜の果てへ』には自殺のテーマが頻出する。

自殺あるいは死の想念は、最晩年に至るまで詩人のそば近く寄り添いつづけたように思われる。そういう印象を編者にあたえた詩人のことばの多くは、具體的な記憶としてはすでに摩滅し、輪郭線を失っている。それでも、文學者の自殺(一般)にかんする問いに應えて、詩人が口にした「自殺というと、ぼくは自分のこととして考えるなあ」ということばから受けた衝撃はいまも記憶に新しい。

あのときは、弱さからではなく、勁さゆえに死をえらぶ人もいるというふうに考えて自分を納得させたが、もちろん、そんなに簡単な話ではあるまい。また、ジャック・リゴー、ルネ・クルヴェル、ドリュ・ラ・ロッシェルといった「悲劇的」な自殺作家にたいする詩人の偏愛(「ポール・ニザン『トロイの木馬』解説」、『荒野《あらの》にて　野澤協評論集成』三二八頁)も忘れてはなるまい。

とはいえ、ここで安易な論を立てて結論を急ぐことは差し控えたい。そしてまた、八冊目の詩稿ノートを最後に、詩人が詩作を放棄した理由についても。

一九四八年四月に復學したとき、井上芳夫と出口裕弘と澁澤龍彦は卒業し、小野田秀夫はそのみじかい生涯を閉じていた。しかし、そのために詩人の文學への意欲が殺がれることはなかった。六冊目の詩稿ノートは、前から三分の二ほどのところに「以上一九四九年」(二二六頁)と記されており、したがって残りはそれ以降の作ということになる。また最初の五冊のノートには、詩集刊行のために作品を選んだ形跡も残っている。すくなくとも高校在學中は詩作に打ちこんでいたものと推測される。

詩稿ノート

五冊の詩稿ノートは、表紙に題とローマ數字が記されている。すなわち、『夜の果てへ』(Ⅰ)、『ロマネスクな挽歌』(Ⅱ)、『ルナパアクの花』(Ⅲ)、『斷層』(Ⅵ〔Ⅳの書き誤りと考えられる〕)、『夜の果ての旅』(Ⅴ)。

殘りの三冊の表紙には何も記されていない。いずれも『夜の果ての旅』(Ⅴ)以降の作と見られる。作風、書體、句讀記號の用い方などから制作の順序を推定し、假に『焦土・雅歌』、『落城・使徒行傳』、『エディプス』と呼ぶことにした。

各詩稿ノートの詳細、及び制作順序推定の根據については解題を參照されたい。

引用

編註に記したように、本書に収録した詩作品には、編者が確認しえただけでも——どこかに大きな見落としがあるのではないかと懼れる——相當數の引用が織りこまれている。その機能は一様ではない。同好の士に向けられた目くばせのように見えるものもあれば、引用元の作品との對話があり、コラージュのこころみがあり、あるいは本歌取りと呼べそうなものもある。

その對象も多岐にわたり、文藝部仲間の詩歌もあれば、フランス・シュルレアリスムの作品もある。とはいえ詩人の詩人としての形成にあずかってもっとも力あったのは、おそらく齋藤史、逸見猶吉、小野田秀夫の三人である。そして、すくなくともこの三人の作品にかんするかぎり、詩稿ノートが當初想定していた讀者である文藝部員たちにとって、出典は一目瞭然であったにちがいない。

同じ文藝部員の小野田の作品に馴染みがあるのは當然だが、一九四九年には短歌を集成した『小野田秀夫選集』（未見）が刊行されている。それを再録した『方法的制覇』第十號の「あとがき」に、樋口覺は「二十歳前後に（出口）氏の世代がひとしく（齋藤史の）『魚歌』の洗禮を受けた」という出口裕弘の談話を紹介している（一四一頁）。

その出口が逸見猶吉を語った文章を引く。「ウルトラマリン！　これは特別だった。……十代に心酔した詩人は何人もいるが、逸見猶吉にぶつかったときの衝撃はちょっと比較のしようがない。……『現代詩人集』第三巻を上級生から借りるというかたちではじめて『ウルトラマリン』を讀んだのである。……當時、わたしは舊制高等學校の一年生だった」(「ウルトラマリン——逸見猶吉について」、『風の航跡』泰流社、一九七八年、六四—六五頁)。浦和高等學校の文藝部員のみならず、同時代の詩に關心をもつ多くの人々がその「衝擊」を共有したであろうことは想像にかたくない。

さて、いちばん多く引用される齋藤史の『魚歌』(初版は日本打球社から一九四〇年に刊行)は、最初の詩稿ノート『夜の果てへ』から第六册『焦土・雅歌』に至るまで、ほぼ出ずっぱりである。資質に共通するものがあったのであろう——「赤白の道化の服もしをれはて春はもうすでに舞臺裏なり」(『齋藤史全歌集 一九二八—一九九三』大和書房、一九九七年、二〇頁)や「指先にセント・エルモの火をともし霧ふかき日を人に交れり」(同書、一八頁)の鮮烈なモダニズムといい、「遠い春湖《うみ》に沈みしみづからに祭りの笛を吹いて逢ひにゆく」(同書、三五頁)、「ひたすらに水底に沈むわれなればあたたかき掌など持ちては居らぬ」(同書、三七頁)、「わが頭蓋の罅《ひび》を流るる水がありすでに湖底に寢《い》ねて久しき」(同書、五一頁)などに顯著な入水幻想といい。

一方、逸見猶吉は、その「外套ハ枝ニ吊ラレテアツタカ」(「報告」、『定本 逸見猶吉詩集』思潮社、一九六六年、一八頁)という問いにたいする、「外套ハ枝ニ吊サレ」(「北方ノ歌」、本書一七七頁)という應答のかたちで不意に登場する。そしてこの詩は、假名に片假名を用いるウルトラマリン書法で書かれた「コオカサス」(『夜の果ての旅』第二部)の第一篇なのである。

逸見の詩句が頻繁に引用されるわけではないが、ウルトラマリン書法は、「コオカサス」

の八篇と『焦土・雅歌』の「墓碑」から「井戸」に至る十九篇を埋め盡くしている。あるいは植生。白楡（あるいはたんに「楡」）、白樺という逸見猶吉的樹木は、これらの作品群にしか登場しない。

だからといって逸見猶吉一邊倒になったわけではない。「龜裂」（一八二頁）は、齋藤史の「春を斷《き》る白い彈道に飛び乘つて手など振つたがつひにかへらぬ」（『齋藤史全歌集』三八頁）の、他ならぬウルトラマリン書法による變奏になっている。ちなみに、この歌は二・二六事件を受けて詠まれた「濁流」中の一首であり、その詞書には「二月廿六日、事あり。友等、父、その事に關わる』（同書、三八頁）とある。「龜裂」の最終行「死刑臺ニ斃レタヤツヲ　俺ハマタヒトリ　忘レヨウトシテヰタ」を考えるにあたって、本歌《もとうた》が詠まれた經緯を無視して濟ますわけにはいくまい。

それはともかく、片假名をつかって書きつづけるうちに、詩人の書く文字に變化が生じる。詩稿ノートに記される文字は、きれいに整った書體なので判讀に苦しむことはないが、かなり小さなものだった。それが、『夜の果ての旅』を締め括る「作品二十二番」（本書、一九一頁）に至って、急に大きくなる。そしてこの大きめの文字サイズは、多少の變動はあっても、それにつづく『焦土・雅歌』以降も維持される。

「髮　ソノ一」（二二九頁）で平假名に復歸すると、今度は漢字のハネが變化し、以前よりも高く跳ねあげられるようになる。この書體はその後さらに彫琢の度を加え、きわめてスタイリッシュな獨自の書體を形成するに至る（口繪參照）。

それにしても、なぜ一九四九年というこの時期に不意にウルトラマリン書法が出現するのか。浦高文藝部の先輩、出口裕弘が借りて讀んだ『現代詩人集』第三巻（山雅房、一九四〇年）は相當數の逸見猶吉作品を収録しているが、詩人はそれを手にとる機會がなく、『逸見猶吉詩集』（十字屋書店、一九四八年）ではじめて、あれら異形の作品群を見いだしたということか。あるいは、以前から親しんではいても、その影響を消化し、自分の詩作品に取りこむまでにそれ相應の時日を要したということか。

ともあれ、呪縛とも呼びうるような逸見猶吉の强力な磁場に一時《いっとき》は捉えられていた詩人だが、やがて離別の時が來る。資質の隔たりがあまりに大きかったのだろう、逸見猶吉の凶暴さは詩人の共有するところではない。

それでも逸見猶吉との格闘から詩人が得たものは大きい。假に『夜の果てへ』から『夜の果ての旅』の第一部「運河病棟」までを初期、ウルトラマリン時代を中期、「髪」の連作（本書、二二九―二三五頁）にはじまる時期を後期と呼ぶなら、後期に至ってはじめて詩人は己れの聲を見いだしたようである。すくなくとも齋藤史と逸見猶吉にかんするかぎり、「引用」熱は急速に衰える（とはいえ逸見から繼承した「どつと」が失われることはなかった）。「落城」から「使徒行傳」へ、そして「詩抄　エディプス」へと、詩人の聲はますます勁く確かなものになってゆく。

それにしても、これはどういう聲であるか。たまさか「私」や「俺」の一人稱が顔をのぞかせることはあっても、人稱性を缺いた、それでいて――そのためにかえって――實在的な聲。その聲が、『エディプス』にあっては、奇妙な慘劇を物語る。連作形式でさまざまな場面が描かれながら、題名に示唆される劇の本體はいっこうに見えてこない。そもそもこの劇は過去に位置するのか、未來に位置するのか。異なる時空で今日も又甦る慘劇の記憶、あるいは豫示。今日も又……

中・後期の作品群に頻出する「今日も又」は、小野田秀夫（浦和高等學校文藝部の先輩）から受け繼いだもののようである。小野田の「思想」（『天鷲絨』第二號、二四—二五頁）を引く。

その日は日の出が遲かつた
きらゝかの樹氷は空しく亂反射し
虛ろに灰色の雲は渦卷いてゐた

日が出た時
紅に樹氷は咲いて
雪原は桃色に燃えた

けれど日はやがて黃昏だつたし
樹氷は遂に花ではなかつた
冬は冷たい

幾億年
今日もまた

虚ろに灰色の雲は渦巻いてゐる

私は
思想の斷層に
きらめく冬の華を夢みてゐる

「イク十日　見渡ス青ニ　今日モ又」（「井戸」、本書、二二八頁）、「それから幾日……今日も又」（「黄昏」二六九頁）のような詩句の小野田作品との類縁性は明らかだが、「今日も又」自體はありふれた言いまわしである。そのすべてに小野田の「思想」の反映を讀みとることはできまい。それでも「街」最終行の「今日も又」（本書、六九頁）が、後から書き加えられていることは強調しておきたい。

初期作品に「今日も又」が三回しか顔を出さないのに対して、中期作品と後期作品には十回ずつ出現している。

ところで、小野田秀夫が詩人にとって特別な存在であったことは、初期と中期にまたがる『夜の果ての旅』が、巻頭と巻末に小野田の短歌を掲げ、一九四八年三月に肺結核で早世した小野田へのいわば供物として構成されていることからも知れる。「今日も又」の出現は三回（「運河病棟」に一回、「コオカサス」に二回）だが、「作品十二番」（一六八頁）には小野田の短歌がすくなくとも四首織りこまれている。また「作品四番」の最終行「あゝ　今日も　西風に煽られて　黝々と渦巻いてゐる　一つの斷層　ひとつの斷層」（一五五頁）は、言うまでもなく、先に引いた「思想」を組み換えたものである。

『斷層』制作の過程で小野田秀夫作品と改めて向き合ううちに、「今日も又」は、もはや引用ではなく自分自身の語彙として、詩人の裡に深く根を下ろすことになったのではないか。いつかそれは小野田の「幾億年」とは別のかたちで非日常の時空を呼びこむための手立てと化していた。

句讀記號

こうして見いだされた聲が『落城』を、『使徒行傳』を、『エディプス』を物語る。その聲が獨特の書體を身にまとったものであることはすでに記した。そして、その文字の連なりを分節する句讀點がまた尋常のものではなかった。それ自體の高さをもたない——つまりその有無が文字間隔に影響を及ぼさない——極小の點である。

この時期の詩人は句讀點、とりわけ讀點に一種のジレンマを抱いていたのではないかと想像される。可讀性を保つには必要不可缺だが、細かな制御のために讀點を多用すれば、かえって文としては讀みづらいものになり、あるいはすくなくとも詩句の景觀がそこなわれる、というふうに。

句點と讀點を兼ねた極小の點は、このジレンマから拔け出るために編みだされたのではないだろうか。

本書では、この特殊な句讀記號の再現につとめたが、あるいは詩人の意圖を讀み誤ったかもしれない。

今日では一文字分の空間を占めるのが當然とされている句讀點であるが、かつては複數の方式が併存していた。手もとにある古い書籍には、九鬼周造『偶然性の問題』(岩波書店、一九三五年)、西田幾多郎『哲學論文集　第三』(岩波書店、一九三九年)など、それ自體の高さをもたない、かなり小ぶりの讀點を用いたものが何冊かある。

詩人が念頭に置いていたのは、そういう小ぶりの讀點だったのかもしれない。ついでに書き添えておくなら、詩人は、句讀點、とくに讀點の扱いには散文においても苦慮したらしく、試行錯誤を繰り返している。

十七・十八世紀フランス思想史という專門分野ではじめて發表した――ただし阿部義夫(ペンネーム)名義――仕事である『オカンクール元帥とカネー神父の對話』(サン・テヴルモンの著作の翻譯、一九五五年)には、ふんだんに讀點が用いられているが、次に發表した論考「ルイ十四世末期の哲學的旅行記」(一九五八年)は、讀點の使用を可能なかぎり切りつめようと努めているように見える。翌一九五九年の「十七世紀フランスの懷疑論――ラ・モット・ル・ヴァイエとピエール・ベールを中心に」に至ってようやく安心して使える句讀點法を獲得したらしく、それ以降、極端な方式は試みていない(いずれも『荒野《あらの》にて　野澤協評論集成』に收錄)。

＊
＊＊

八冊の詩稿ノート(そして『天鵞絨』第二號に掲載された、忘れがたい「かうもり」)を繰り返し讀んでいるうちに、その作者は、長年見知っていた——知っていると思っていた——卓越した思想史研究者・翻譯者とはべつの相貌で立ち現れるようになった。顏を會わせるのはこれがはじめてなのに、妙になつかしい、いたいけな少年。

本書を世に送りだすにあたり、その前途に幸あれと切に願う。

二〇一八年晩秋

木下雄介

本書の編集・刊行にさいして多くの方々のお力添えを得た。八冊の詩稿ノートを電子化なさった野澤浩さん。本文の割付けをはじめ、本書制作のすべての段階で惜しみない助力の手を差し伸べてくださったフリー編集者の横大路俊久さん。印刷・裝本にかんして多くの貴重な助言をいただいた精興社の小山成一さん。註文の多い、面倒な印刷に取り組んでくださった同社の吉田球一さん。詩集という畑ちがいの著作の發行を快諾してくださった法政大學出版局の鄕間雅俊さん。そして表紙のレイアウトを行い、煩瑣な校正を手傳ってくれた妻・典子。末筆ながら、ここに深甚なる感謝の意を表する。

詳細目次

『夜の果てへ』から『夜の果ての旅』に至る五冊の詩稿ノートについては、収録作品一覧（「をさむるところ」「納めるところ」など）の作品名を踏襲した。他の詩稿ノートの収録作品、及び『天鵞絨』第二號に掲載された作品は、そこに記された作品名をそのまま記載した。

夜の果てへ

ロマネスクな挽歌

ルナパアクの花

エディプス

詩抄　エディプス

『天鵞絨』第二號掲載作品

野澤　協（のざわ・きょう）

1930年2月1日，鎌倉に生れる．1945年海軍兵学校（敗戦直後に解散）に入学．1946年旧制浦和高等学校文科甲類入学，1950年卒業．同年旧制東京大学文学部仏文科入学．卒業後は同大学院に進み，1958年満期修了．東京都立大学教授，駒澤大学教授を務める．2015年11月18日，東京都杉並区の自宅で死去．

著書：『荒野（あらの）にて　野沢協評論集成』（歿後刊行）

主な訳書：P. アザール『ヨーロッパ精神の危機』（第9回クローデル賞），B. グレトゥイゼン『ブルジョワ精神の起源』，A. リシュタンベルジェ『十八世紀社会主義』（第19回日本翻訳文化賞），J. カスー『1848年——2月革命の精神史』（監訳），『啓蒙のユートピア　全3巻』（監訳），『ピエール・ベール著作集　全8巻・補巻1』（全巻個人訳，第2回日仏翻訳文学賞・第34回日本翻訳文化賞），P. デ・メゾー『ピエール・ベール伝』，『ドン・デシャン哲学著作集』，『啓蒙の地下文書　Ⅰ・Ⅱ』（監訳），『ピエール・ベール関連資料集　1・2・補巻』

（以上の著訳書は法政大学出版局刊）

夜の果てへ　野澤協全詩集

2019 年 2 月 1 日　初版第 1 刷發行

著　者　野澤　協
發行所　一般財團法人　法政大學出版局
〒102-0071　東京都千代田區富士見 2-17-1
電話 03 (5214) 5540　振替 00160-6-95814
組　版　木下雄介
印　刷
製　本　株式會社　精興社

Printed in Japan

ISBN 978-4-588-46014-2